# 閻魔堂沙羅の推理奇譚

## A＋B＋Cの殺人

木元哉多



講談社
タイガ

CONTENTS

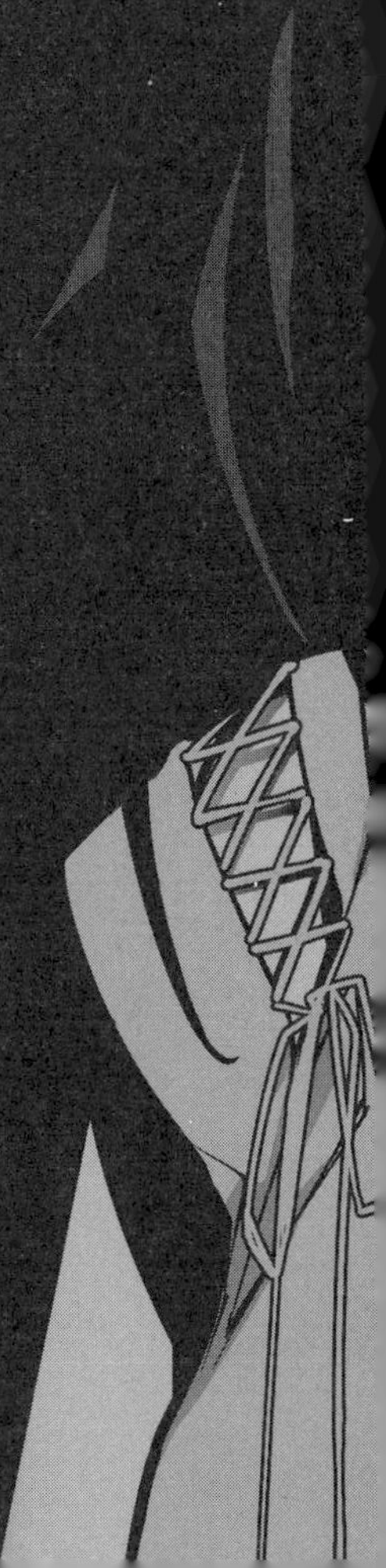

[ILLUSTRATION] 望月けい
[DESIGN] AFTERGLOW

宮沢竜太　44歳
無職

死因　絞殺

To a man who says"Who killed me",
she plays a game betting on life and death.

# 1

エレベーターが上がっていく。

体が沈むような感覚になるのと同時に、胃が圧迫されて吐き気《はけ》がした。こみあげてくる胃液を、のど元でぐっとおさえた。

足がふらついている。酒をかなり飲んでいる。地面が揺れているように感じるが、実際には自分のひざが揺れている。ただ、体は酩酊《めいてい》しているのに、脳は酔っていない。脳だけシラフのまま、冷たく醒《さ》めている。

エレベーターが停止するわずかな揺れで、宮沢《みやざわ》竜太《りゅうた》はつんのめって、側面の壁に肩をぶつけた。

ドアが開いた。

エレベーターを降りると、何かの薬品の匂《にお》いがする。消毒液だろうか。

入院病棟のいつもの匂いだ。

正月の三日。朝の六時ごろか。病院内は明かりが落ちていて、寝静まっている。

足音を立てないように、忍び足で歩いた。

ナースステーションの前で足を止める。たまたま誰もいない。

黙って通りすぎ、病室の前に立った。一人用の部屋。

そっとドアを開く。

遮光カーテンがかかっていて、薄暗い。温度管理された部屋は、竜太には少し暑いと感じられる。

ベッドに夏妃《なつき》が眠っている。目を閉じている。

音を立てないように、竜太はベッド横のスツールに腰かけた。

妻の顔を見つめた。

今年で四十歳だが、見た目で年齢を推定するのが難しいくらい、顔が変わっている。満足に食事を取れていないので、首が細く、骨が浮き出ている。肌は張りを失い、黒ずんでいる。きれいだった髪も、伸びきったラーメンのよう。

これが現実なのか、ふと分からなくなる。

壁が揺れているように感じた。いつか見たＳＦ映画のように、壁がこんにゃくみたいに柔らかく揺れて、時空がゆがんでいる。

いや、酔っているだけだ。

その証拠に、自分の全身の毛穴から、アルコールの匂いがしている。

のどが渇いた。

ベッド横のテーブルに、水差しが置いてある。プラスチックのコップに水を注ごうとしたら、手が震えて、コップを床に落とした。

その音で、夏妃が目をさました。

「あ、ごめん」

「なんだ、来てたの？」嗄《か》れたような声で、夏妃は言った。

落ちくぼんだ眼窩《がんか》の奥にある瞳《ひとみ》で、竜太を見た。

「また、飲んでるの？」

「いや……」

「しょうがない人だねえ。吐いたりしないでよ。病院に迷惑になっちゃうから」

人間は、たった一年でここまで変わるものだろうか。

一年前までは普通に生活していた。いや、本人にはだるさがあったようだが、ただの働きすぎで、背中の痛みも腰痛だと思っていた。

竜太は、妻の変調にまったく気づかなかった。

気づいたのは、長男の志郎《しろう》である。ちょうど妹の汐緒里《しおり》が風邪をひいて病院に行ったとき、志郎もついていって、母には断らず、たまたま廊下を歩いていた医者の腕をつかんで連れてきて、母を診てくれと頼んだ。医者は、夏妃の症状を聞いて、その日のうちに検査を受けることを勧めた。

腎臓《じんぞう》ガンだった。その時点で末期だった。およそ三ヵ月前、余命宣告を受けた。余命は、残り二週間ほど。

志郎や汐緒里には伝えていない。

夏妃は言った。「よくナースステーションの前で止められなかったね」

「たまたま誰もいなかった」

何がおかしかったのか、夏妃は力なく笑った。

夏妃が余命宣告を受けたとき、竜太は「医者なら病気を治せよ」と逆上して、医者を殴った。二日酔いで見舞いに来たとき、病院の薬品の匂いで気持ちが悪くなって、廊下に嘔《おう》吐《と》した。夏妃が検査で待たされたとき、「もたもたすんな」と検査員を蹴《け》り、パトカーが来る羽目になった。

それで出入り禁止になった。今も酔っているうえに、面会時間外である。

夏妃は体を起こして、水差しのコップを取ろうとする。

「ああ、俺がやるよ」

竜太がコップを取り、水を注いで、夏妃に渡した。夏妃はそれを飲むだけでも重労働というように、両手でコップを持って、ごくり、と音を立てて飲んだ。それからカーテンの閉まった窓を見た。

「カーテン、開けてくれる?」

竜太はカーテンを開けた。窓から射《さ》し込《こ》んだ光を、夏妃はまぶしそうに目を細めて全身に浴びた。

夏妃はもう死を覚悟している。だが、恐怖は見えない。

ガンと分かったとき、夏妃には二人の子供を残していくことにためらいがあり、望みが薄いと分かっていながら、闘病にも意欲的にのぞんでいた。だが、余命宣告を受けて、生きることはすっかりあきらめたように見える。

むしろ竜太のほうに、夏妃を失う覚悟ができていない。そうなったとき自分がどうなるのか、うまく想像できない。夏妃を失ったあとの現実に耐えていく自信もない。だから、酒に手が伸びる。

飲んでいるときは、考えること、想像することから逃げられる。

体は酔っていてふらふらだし、二日酔いで気分も悪いけれど、精神的には安定する。今はまだアルコールが入っているから、自分を保《たも》っていられる。だが、アルコールが抜けていくにつれて、恐怖が押し寄せてくる。

シラフのときが正常で、酔っているときが異常なのではない。むしろ酔っているからこそ、正常な神経を保っていられる。シラフのときのほうが精神的には乱れている。正常と異常が逆転している。

竜太はスツールに腰を下ろし、朝日を浴びる夏妃の横顔を見つめている。

背中に力が入らず、猫背の姿勢になってしまう。

シラフになるのが怖い。

明日が来るのが怖い。夏妃が助からないと分かってから、この三ヵ月ほど、昨日が終わって、今日が過ぎて、明日が来て、そのうち、近いうちのどこかで、夏妃が死ぬ。その日が来るのが怖くて、ずっと脅《おび》えている。

頭がぼんやりしてきた。アルコールと睡眠不足のせいで、ぼーっとしている。

「大丈夫だ、夏妃」

「ん?」

「大丈夫だ」

「何が大丈夫だ」

「大丈夫だって、おまえは死なねえから。だってそうだろ。おまえは俺とちがって、悪いことなんかしてねえだろ。嘘《うそ》つかねえで、毎日まじめに働いて、二人の子供を育ててきたんだ。お天道様《てんとさま》はそれをちゃんと見てんだ。俺は悪さばっかりしてきたからな。人も殴ったし、物も盗むし、嘘なんて毎日ついてらあ」

「自慢するようなことじゃないでしょ」

「だから俺みたいなクズが生き残って、おまえが死ぬなんて、そんなことはありえねえ。絶対にねえ。だから死なねえ。あんなヤブ医者に分かってたまるか。あいつの言う余命なんて、大嘘だよ」

「…………」

「俺が助けてやるよ。あんなヤブ医者じゃなくてよ」

「どうやって？」

「気功だよ。病気なんて、要するに気なんだ。うまいもん食って、テレビ見て笑って、気さえ養ってりゃ、免疫力があがって病気は治るんだ」

「何を言ってんのか分かんないよ。あんたが気功師だってことも初めて知ったし」

「俺が助けてやるから、大船に乗った気でいろ」

「あんたが操縦するタイタニック号になんて絶対に乗りたくないわ。適当なことばっかり言って。初めて会ったときから、ずっとそう。最初はなんだっけ。ロックミュージシャンとか言ってたっけ」

「それは本当だ」

「ただのコピーバンドで、高校のときに仲間とつるんで、見よう見まねでドラムを叩《たた》いていただけでしょ」

「それでも、まあまあ人気があった」

「学校内ではね。学校一のイケメンがボーカルだったからで、誰もドラムなんて見てなかったって」

「……そうだけどよ」

「ドイツに留学してたっていうのも嘘だったし」

「それも半分は本当だ」

「千葉のドイツ村でバイトしたことがあるだけでしょ。それを言うなら、私だってオランダに行ったことあるよ。長崎のハウステンボスに行ったことあるもん。中国にだって行ったことある。横浜《よこはま》の中華街」

「ともかくだ。おまえは死なねえから、俺が助けてやるから、大丈夫だ」

自分でも何を言っているのか分からなくなってきた。

「だから、何も心配するな。大丈夫だから。おまえは絶対に死なねえから……。これからもずっと、幸せに暮らすんだ……」

急激な睡魔が襲ってきた。体を支えられなくなり、座ったまま、夏妃のベッドに頭を落とした。顔が布団に埋もれる。

ちゃんとした睡眠は、最近ほとんど取っていない。浴びるように酒を飲んで、酩酊しているだけなので、睡眠になっていない。

睡魔に引きずり込まれる。

夏妃が頭をなでてくれる。夏妃が小声で歌っている。子守唄《こもりうた》だろうか。ちゃんと聞きとれないけど、心地いい。

夏妃の手が、声が、優しい。

意識が、ぬるま湯に落ちていく。
なあ、夏妃。俺はどうしたらいい？
どうしてほしい？　俺がしてやれることは、もうないのか。
夏妃を失うのが、怖い。
おまえが死んだら、俺は……、俺たちは……、どうやって生きていったらいい？
おまえは二人の子供を残して、死ぬのか？
残される俺たちは、どうしたらいいんだ？

# 2

「食った食った」

テーブルの上にある三皿は、すべて空になっている。ストロベリー、マンゴー、キャラメルの三つのパンケーキ。唇《くちびる》についたクリームを舌でぺろりと舐《な》めてから、タピオカミルクティーをずるずる吸い込んだ。

「さて、帰るか」

沙羅《さら》は腕時計を見る。地上に下りてきて、もう四時間が過ぎている。

時刻はもう十一時になる。

原宿《はらじゅく》にある人気スイーツ店。正月だからか、午前中なのに混《こ》んでいる。

四人がけテーブルを一人で独占している。椅子《いす》には、大量の買い物袋が置いてある。洋服や化粧品、ＣＤや本、雑貨や最新式のパソコンなどを大人買いして、全部で八十万円くらい使った。

レジで会計して、買い物袋を左右の手に五袋ずつ持った。片腕で十キロはある。

店を出たところで、スーツを着た男に声をかけられた。

「君、ちょっと待って」男は名刺を見せてきた。「僕はこういうものなんだけど、芸能界に興味ない？」

大手芸能事務所の社員である。スカウトだろう。

「興味ない」

沙羅は言って、名刺も受け取らずに立ち去った。

ちょうど空車のタクシーが通りかかったので、手を挙げた。タクシーが止まって、ドアが開いた。荷物をトランクに入れて、後部座席に乗った。

「八王子《はちおうじ》まで行って。高速を使っていいから、急いで。時間はどれくらいかかる？」

「八王子ですか。うーん、一時間もあれば」

タクシーは走りだす。

パンケーキ屋が混んでいたので、予定より時間がかかってしまった。ラーメンを食ってから帰りたいところだが、そんな時間はもうない。

高井戸《たかいど》ICから、中央自動車道に入って西に進んだ。

沙羅は、閻魔大王《えんまだいおう》の娘である。

普段は霊界に住んでいる。閻魔家は、人間界でいうところの王族のような存在で、一般的な労働はせず、公務としての仕事をこなす。閻魔としての通常業務だけでなく、行事や式典への参加も義務づけられている。いちおう給料も発生する。その給料は、人間界でいうところの国家から支給される。

父・閻魔大王の仕事は、人間界でも知られている通り、死者の生前の行いを審査し、天国行きか地獄行きかの裁きを下すことである。沙羅も時々、父の体調が悪いときなどに、代理を引き受けることがある。だが、最近はしていない。父の体調がよく、一人でどうにか回せているからだ。

注目度の高い王族一家だけに、霊界で沙羅を知らない者はいない。それどころか、始終パパラッチに追われている。霊界における行動の自由はないかわりに、閻魔一族は地上に下りることが許されている。人間について知らなければならない職務ゆえに、人間界視察が認められているわけだ。政治家と同じで、海外視察という名の、公費による海外旅行が黙認されている。

かえって地上のほうが行動の自由度が高い。圧倒的な美貌《びぼう》のせいで、街でスカウトに声をかけられることはよくあるし、勝手に写真を撮られることもある。ただし、写真や動画には沙羅は写らない。自動でアプリによるデジタル加工が入り、修正された別人の顔で写るようになっている。沙羅がそういう電波装置を携帯しているからだ。したがって地上の記録には残らない。

沙羅の気晴らしは、地上に下りてショッピングしたり、温泉に入ったりすることで、両親もある程度は容認している。いわば閻魔家の特権である。使ってなんぼの特権なので、ちょくちょく地上に下りては霊界では得られない自由を満喫しつつ、食って遊んで、日ごろの憂《う》さを晴らしている。

どうやって霊界から地上に来るのかというと、時空に切れ目を入れて、霊界と地上をつなぐドアを作る。その切れ目を通って行き来する。原理としては『ドラえもん』の「どこでもドア」に近い。

通常、人間は死ぬと、肉体と魂が分離して、肉体は地上に残り、魂は風船のように上空に舞いあがって、大気圏の中間にある天然の切れ目に吸い込まれて霊界に来る。この世に未練があり、それが重すぎるとうまく浮力を得られず、地縛霊になってしまう例もある。その場合は、首輪でつながれた犬と同じ。もう身動きできないし、誰にも気づいてもらえない。魂は次第にすり減ってやがて無になるが、それには長い時間がかかる。そのあいだはずっと苦しむことになる。

沙羅が地上に来るときは、その切れ目を人工的に作るわけだ。

たとえば人間も、その切れ目をくぐれば、霊界に来ることができる。ただし来られるのは魂だけなので、肉体はそのまま地上に残る。その場合は心臓発作で死んだのと同じことになる。

逆に沙羅が地上に来るときは、仮の肉体をまとっている。だから地上の人間も、沙羅に触れることができる。沙羅からすると、ぶあつい肉襦袢《にくじゅばん》を着ているようなものだから、かなり動きにくい。本来の沙羅とくらべると運動能力は格段に落ちるが、それでもどんな競技で出てもオリンピックのメダルを取れるくらいの運動能力は持っている。視覚、聴覚、嗅覚《きゅうかく》なども、人間よりはるかに優れている。

ただし、その切れ目なのだが、人工的に入れた切れ目は、傷がかさぶたでふさがるように、時間が経《た》つと自然修復されてしまう。

どれくらいでふさがるかは、サイズによる。小さい切れ目だとすぐにふさがってしまうし、大きすぎると時空にゆがみが発生して、よからぬことを引き起こしかねない。実際のところ、どうなるのかはよく分かっていないのだが、キュヴィエが唱えたような天変地異が起こる可能性がある。

さすがにそれはまずいので、沙羅が通過できるサイズで、六時間ほどで閉じる切れ目を入れている。

問題は、場所である。どこに切れ目を作るか。というのも、その切れ目は星のように強く光るので、洞窟《どうくつ》、暗渠《あんきょ》、地下の下水道、無人島、廃墟《はいきょ》など、人が立ち入らない場所であることが絶対条件になってくる。

今日は八王子市内にある山中の、人間がまだ発見していない洞窟内に切れ目を作った。東京の中心部だと、切れ目を入れる条件に見合った場所はまずない。沙羅が東京に来るときは、いつもこのあたりに切れ目を入れる。

タクシーは八王子ＩＣで高速を下りた。そこからは沙羅がナビゲートする。

「八王子城跡の入り口のほうに向かって」

外はかなり寒い。最強寒波到来、とテレビで言っていた。

沙羅は厚着が好きではない。体のラインがはっきり見えるファッションを好むからだ。ファッションとは服装だけのことではなく、体のラインもふくまれる。幸い、いくら食べても太らない体質なので、食事制限をする必要はないが、しかし太らなくても体型や姿勢がくずれるのはいや。

沙羅も人並みに寒さは感じるが、厚着はしない。寒いのは我慢する。一流は、安易な妥協をしないものだ。簡単に例外を認めたら、原則の意味がなくなる。どんなに困難でも、自分の生き方は曲げないのと同じことだ。

今日はミニスカートではなく、レギンスをはいている。山に入って洞窟内を歩くため、厚底のスニーカー。カシミアのセーターに、トレンチコートを着ている。真冬だが、あえて春を意識した色柄《いろがら》にしている。

「あ、忘れてた。ニャーのエサを買わなきゃいけないんだった」

ニャーは、沙羅の家で飼っている猫である。沙羅が以前、地上に下りたとき、死にかかっていた子猫を拾って霊界に連れてきた。霊界に生体は連れてこられないので、肉体は地上に残して。つまり人間界の概念でいえば、子猫は死んだことになる。ただ、肉体は滅んでも、魂は霊界で元気に暮らしている。

その猫に、兄の寅丸《とらまる》が、ニャーと名前をつけた。猫もその名前が自分だと自覚したようで、ニャーと呼ぶといっちょまえに反応する。それで仕方なく、沙羅もニャーと呼ぶようになった。

しかし、ニャーには一つ問題がある。すぐに太るのだ。食い意地がはっていて、食べ物はあるだけ食べてしまう。もともと地上の猫なので、霊界の食べ物は高カロリーすぎる可能性もあり、地上のエサのほうがいいだろうということで、沙羅が地上に下りたときに、キャットフードをまとめ買いすることになっている。そのエサのストックが、そろそろなくなってきたはずだ。

「運転手さん、近くに猫のエサを売ってるところない？」

「えっと」運転手はカーナビを見て言う。「あ、この先にホームセンターがありますね」

腕時計を見ると、まだ三十分くらい余裕がある。

「そこに寄って」

「分かりました」

タクシーはしばらく走って、ホームセンターの駐車場に入っていった。

「ちょっと待ってて。五分で戻る」

タクシーを降りて、ホームセンターに入った。まず、一番大きい登山用のリュックを買い、次にペットコーナーに行って、ドライタイプのキャットフードをリュックに詰め込めるだけ購入した。リュックを背負って、出口に向かった。

その途中で、声が聞こえてきた。

沙羅の聴覚は、人間よりはるかに優れている。耳をすませば、百メートル先の話し声も聞こえる。たいていは無意識に排除しているが、恐怖、緊張、悲しみ、嫌悪、怒りといった強い感情をともなう声は、やはり耳に残る。

男の子と女の子の声だ。ひそひそ話している。

ホームセンターの奥にいる。沙羅の視界には入っていない。

男の子の声。「しおり、向こう見てろ」

「う、うん……」女の子は、ためらいがちに返事をする。

「人が来たら、言えよ」

「うん……」

男の子の声は、緊張にくわえて、興奮や使命感が強い。やらなければならないという強い意志を感じさせる。対して女の子の声は、不安や罪悪感が強い。

「あ、お兄ちゃん、人が来た」女の子の声。

そして音が止まる。しばらくして、

「行ったよ」と女の子が言った。

「従業員か？」

「ううん、お客さんの人」

兄妹《きょうだい》だろう。声からして、二人とも小学生だ。

ファスナーを開く音、何かを入れる音、そしてファスナーを閉じる音がする。

「ねえ、お兄ちゃん。いいの？　これ、万引きだよ」

「声がでかいんだよ、バカ」

ぽこん、と頭を叩く音がする。

「痛いな、もう」

「分かってるよ。でも、しょうがないんだ。今さら言うなよ」

男の子の声は、子供なのに、子供っぽくない。

犯罪という認識はあるけれど、必要悪として罪の意識を噛《か》み殺《ころ》しているような、確信犯の声である。物が欲しくて盗むとか、盗むという行為自体のスリルを味わうといった、通常の万引き犯の感情ではない。

沙羅にとっては他人事《ひとごと》なので、見過ごして立ち去ってもいいが、ふと、どんな顔をしている子供なのか、気になった。

沙羅は、店を出たところで立っていた。二つの足音が近づいてくる。

二人の姿が見えた。

男の子は丸坊主《まるぼうず》である。こんな真冬に半ズボン、上は着古したジャンパー。女の子はツインテールで、ピンクのパーカを着ているが、その下に洋服を何枚も重ね着しているのだろう、ぱんぱんに着ぶくれしている。下はスウェットパンツ。二人とも服装からして、裕福そうには見えない。男の子が背負っているリュックには、なにか重たいものが入っているようで、底が沈んでいる。

男の子は周囲を警戒しながら、厳しい表情で歩いてくる。女の子はしょげた顔をして、下を向いている。レジは通らず、店の外に出てきた。

そして店を出た直後、急に男の子がダッシュする。あわてて女の子も、兄のあとを追って駆けだした。

ちょうど沙羅のいる方向に走ってくる。

「やれやれ」沙羅はつぶやいた。

男の子が横を通りぬける瞬間、沙羅は右足を出して、男の子の足にひっかけた。男の子はすっころんで、「いてえ」と叫んだ。兄を追ってきた女の子の足が止まる。沙羅の顔を見て、脅えたような表情をした。

「ガキども、何をしてる?」

男の子はひざをすりむいて、出血していた。その足をおさえながら、いっちょまえに沙羅をにらんでくる。

「子供のうちからそんな悪さをしてたら、ろくな大人にならないぞ。それで死んだら地獄に落ちて――」

「うるせえ、ババア」男の子がつばを飛ばして叫んだ。

「私のどこがババアだ。こんな超絶美女、見たことないだろ」

男の子は立ちあがり、ファイティングポーズを取った。

「しおり、こっちに来い」

妹を守るように、自分の背中側に置いた。

「ほう、やるか。この私をババア呼ばわりした罪は、万引きより一等重いぞ。おまえみたいな悪ガキは、私みずからおしおきしてやる。お猿さんみたいに、おしりが真っ赤になるまで、ぺんぺんしてやろうか」

沙羅がにらむと、男の子は一歩後ずさりする。ファイティングポーズを取っているが、ただの威嚇《いかく》で、殴りかかってはこない。

妹は、半泣き顔になっていた。

そのときホームセンターの自動ドアが開いて、店員の制服を着た中年の男女二人が出てきた。先頭の男性が周囲を見渡して、こっちを見た。

「あ、いた」

男性店員は、二人の子供のところに走ってくる。

沙羅は言った。「ほら、捕まった。どうせ防犯カメラにでも映っていたんでしょ。しょせんガキの注意力だからな。あーあ、大変だぞ。親に言いつけられて、おこづかい抜きだ。これに懲《こ》りて、改心するんだね」

男の子は、妹の手をひいて逃げようとする。だが、すぐに捕まった。男の子は手足をばたばたさせて逃れようとするが、男性店員にはがいじめにされて持ちあげられた。妹は逃げようともせず、立ちつくしている。

「君たち、こっちに来なさい。リュックのなかを見せてもらうよ」

「放せ」

男の子が捕まったのを見て、沙羅は「バイバーイ」と手を振って立ち去ろうとする。

突然、男の子が叫んだ。

「ちがうんです、おじさん。ちょっと待って」男の子は沙羅を指さした。「犯人はあの女なんです。あの女に命令されたんです。万引きしてこいって。子供ならバレないからって。そしたら千円やるって言われて」

「あ……、このガキ」

男の子をはがいじめにしている男性店員が、沙羅の顔を見る。男の子をいったん地面に下ろして、女性店員の手に渡した。

「君、ちょっといいかな。少し話を聞かせてもらえるかい」

男性店員は、じろりと沙羅の顔を見つめてくる。解放された男の子は、沙羅に向かって舌を出し、あっかんべーをしている。

沙羅は瞬時に判断する。

時空の切れ目がふさがるまで、あと一時間もない。切れ目が閉じたら、霊界に戻れなくなる。第一、ここで警察沙汰《ざた》になったら、戸籍のない沙羅は、身分証明さえできない。この地上に沙羅がいる記録を残すこと自体、ルール上アウトだし、ましてや閻魔家の娘が万引きで捕まるなんて、大スキャンダルになる。

となれば、
三十六計、逃げるにしかず。

男性店員が、沙羅の腕をつかもうと手を伸ばしてくる。沙羅はとっさに身を引いて、背を向けて走りだす。

「あ、待て」

男性店員が追ってくる。同時に、男の子が女性店員の手を振りほどき、妹の手をつかんで、沙羅とは逆方向に走りだした。

男性店員が叫んだ。「マキさん、子供のほうを追って」

「は、はい」

女性店員は、子供たちを追いかけて走っていく。

沙羅はダッシュで、停《と》まっているタクシーまで走った。大量のキャットフードを入れたリュックを背負っていても、全力を出せば九秒台で走れる。たちまち男をひきはなす。タクシーに着いて、「開けて」と叫んだ。

後部座席のドアが開いて、沙羅は飛び乗った。

「はやく行って」

運転手がエンジンをかけて、タクシーが走りだす。だが、駐車場を出ようとしたところで、さっきの男性店員が追いついた。両手を広げて、タクシーの前に躍《おど》りでた。

男性店員が叫ぶ。「止まってください」

「え、え、なんだ?」と運転手。

沙羅は言った。「はやく行って」

「え、でも、前に立ちふさがっているから」

「轢《ひ》いちゃっていいから、はやく行って」

「いや、そういうわけには」

運転手は、タクシーの窓を開けて言った。

「どうしたんですか?　いったい」

男性店員が言った。「その女が万引きしたんだ」

「えっ」運転手が、後ろの沙羅を見る。「本当ですか、お客さん」

「ちがうけど」沙羅は言った。「あー、まいったな」

沙羅は、ホームセンターのほうを見る。男の子とその妹は、まだ走って逃げている。女性店員はもう追っていない。足が致命的に遅く、五十メートルほど走って息切れし、追いかけるのをやめたようだ。

男性店員が、運転手に向かって言った。

「ドアを開けてください」

「いや、しかし……」運転手はただ困っている。

沙羅はあきらめた。料金メーターを見て、その金を運転手に渡した。それから背中のリュックを下ろした。

「ここで降ります。このリュックとトランクの荷物は、タクシー会社に保管しておいてください。あとで誰かが取りに行くと思うので」

「あ、はい、分かりました」

「ドアを開けて」

運転手が後ろのドアを開けた。沙羅は降りる。そして男性店員に向かって「さらば」と言って、捕まるまえに走りだす。

「ま、待て」

ふたたび男性店員と追いかけっこになるが、一気に振りきった。駐車場を出て、走行中の車をかわして道路を横断した。

走りながら、もう間に合わないな、と思った。

沙羅の運動能力は人間をはるかに上回るとはいえ、車より速く走れるわけではないし、空を飛べるわけでもない。ここから走って、時空の切れ目のある場所に向かっても、時間的に間に合わない。別のタクシーを見つけるのも難しい。

まもなく切れ目は、自然修復される。つまり霊界に戻れなくなる。持ってきた現金はほとんど使ってしまって、あと三千円しかない。

「さて、困ったぞ」

高い塀の上によじのぼって、遠くを見る。男の子と妹が、向こうに走り去っていくのが見えた。

「やってくれたな、あのガキども」

# 3

「あ、あなた！」

突然の大声で、竜太は目をさました。

「ちょっとあなた、なんでそんなところにいるの？」

「ん、ああ……」

いつのまにか、夏妃のベッドに顔を伏せて眠っていた。

五十代の看護師長の女が、病室のドアのところに立って、ミノタウロスのように肩をいからせている。病院のブラックリストに載っている竜太が、勝手に侵入して病室で眠っていることに怒っているのだろう。

「あなた、また飲んでるのね。アルコールの入っている人は面会を断っているって言ってるでしょ。まだ面会時間でもないし」

「ちっ、うるせえな」

「はやく出ていきなさい」

「ぎゃんぎゃん騒ぐなよ、ばあさん。女子高生じゃねえんだから」

看護師長は、露骨にいやな顔をしている。

竜太のようなアルコール依存症の、左手の小指がない、顔に傷跡のある、背中に入れ墨の入った男は好かないらしい。

看護師長は病室を出ていった。数分後、大柄の警備員が二人来て、二人がかりで腕をつかまれた。竜太は手足をばたばたさせて、抵抗した。

「放せよ、コノヤロウ」

警備員は格闘技経験があるのだろう。腕の関節をきめて、ねじこんでくる。

「いてぇ、いてぇ。分かった。もう暴れねえから、それやめろ」

警備員は関節技をゆるめた。そのまま引っぱりだされる。夏妃は、夫が病室からつまみだされる姿を、あきれ顔で見ていた。できの悪い子ほどかわいいというような、哀《あわ》れみをふくんだ目をしていた。

なんだか情けなくなって、抵抗する気が失《う》せた。

病院の外に連れだされて、背中を押されると、よろめいて尻《しり》もちをついた。

「ちっ、もうちっと丁重に扱えよ、バカ」

警備員は知らん顔で、見下ろしてくる。竜太はつばを吐いて、ふらふらと歩きだした。

外は寒く、冷たい風が吹きつける。

腹が減っていたので、病院の近くにあるコンビニに入った。

おにぎりを二つ、缶ビールを二缶持って、レジに置いた。財布を開いて気づいた。一万円くらいは残っていると思っていたが、札はなく、小銭だけじゃらじゃらとある。小銭をかき集めても、千五百円ほどしかない。

いつどこで金を使ったのか、まったく覚えていない。昨夜の記憶もない。どこかで飲みはじめて、酔ったまま病院に来た、のだと思う。

金を払って店を出て、駐車場の車止めブロックに腰かけた。まず缶ビールを開けて、半分飲んだ。酒を飲むと、脳がすっきりして、正常に戻る感覚がある。そして一度飲みはじめると、もうやめることができない。そのまま飲み続けて、なにもかも分からなくなり、目覚めたときには記憶がない。

すっかりアル中だ。

「ちっ、もう金がねえじゃねえか」

一缶飲みほして、もう一缶開けた。おにぎりの封を破って、ほおばった。

「しかたねえ。ちょっくら、いただきに行くか」

株式会社オリエ。

もとはただの八百屋である。有名になったのはここ十年ほど。

荻窪《おぎくぼ》の商店街にあった八百屋が、高度成長期にスーパーマーケットになり、やがて全国にチェーン展開した。バブル崩壊で失速し、店舗数を全盛期の三分の一にまで減らす。しかし、ここ十年でＶ字回復した。自社開発商品の安売り攻勢がヒットして、店舗数を全盛期の八倍にまで増やした。

今はスーパーマーケット界でもトップ５に入る大手企業だが、西荻窪《にしおぎくぼ》にある十階建ての本社ビルは昔のまま。

竜太は正面玄関の自動ドアを通って、なかに入った。

建物内は暖かい。エントランスにいる人間はほとんどスーツだが、竜太だけ着古したダウンジャケットに、破れたジーンズである。

正月の三日だからか、いつもより人が少ない。だが、正月でも社長は出社していることを竜太は知っている。

受付に行って、化粧の濃い女に声をかけた。知った顔の女だ。竜太の顔を見て、警戒するような表情をした。

「宮沢だけど、社長はいる？」

「あ、はい。アポはお取りになりましたか？」

「んなもんねえよ。ダチだよ、ダチ。あんたも知ってるだろうが」

「少々お待ちください」

手元の受話器を取り、内線電話をかけた。しばらく小声で話したあと、

「宮沢様、お会いになるそうです。社長室までご案内いたします」

「いや、いいよ。社長室の場所、知ってるから。九階だろ」

女を押しとどめて、エレベーターに乗った。九階まで上がり、社長室に向かった。

ノックもせず、ドアを開ける。

織《おり》江《え》凌《りょう》がいる。突然、ドアが開いて、驚いた顔をしている。

同い年、四十四歳の社長である。

整った顔立ちだが、意志の弱そうな垂れ目。あごも細く、女が男装しているようにも見える。ゴルフのパターを持っていた。パター練習用のマットのうえに、ボールがいくつも転がっている。

凌は、織江家の次男だ。世襲の会社で、凌の祖父から父へ、その父が病気になって、長男が社長職に就いたのが十三年前である。その直後、長男の乗るヘリコプターが墜落して死亡し、次男の凌が跡を継いだ。

だが当時、オリエ社は傾いていた。バブル崩壊後の変化に対応できず、秀才といわれていた長男が社長になって、改革に取り組んでいる最中の事故死。逆に成績不良でプレイボーイだった次男が社長職を継いだことで、優秀な社員がいっせいに離れ、倒産危機とまでささやかれていた。

それを救ったのが、凌の妻、織江三紗《みさ》だといわれている。

三紗は、魚住《うおずみ》家の三女である。魚住家は、魚住商事という冷凍食品の会社を経営していて、こちらも業界最大手だ。魚住家の三姉妹は美人で有名なのだが、長女と次女は仲がいいのに、三女とは骨肉の争いという。父である社長は、長女と次女の娘婿《むすめむこ》を会社の中心にすえて、三女のことは持てあましていた。

三紗は当時、独身で、三十五歳になっていた。その三紗が、イケメンの凌を見初めたのがきっかけだという。

三紗は、なんと広告代理店を使って、彼女自身でお見合い話を進め、凌との結婚にこぎつけたというから策士である。その結婚は、魚住商事がオリエ社を全面支援することも条件に盛り込まれていた。当時、凌は三十一歳。社長になったばかりで、しかもその会社は倒産危機にあった。魚住商事の支援なくしては立てなおせないという事情もあり、押しきられるように結婚した。

そして織江家に嫁《とつ》いだ三紗が、オリエ社の事実上の支配者となり、社長の凌を動かすことで、会社は息を吹きかえす。三紗が父に頼んで、財政支援したことで資金ぐりが円滑になり、同時に魚住商事の余剰工場をただ同然で買収し、そこで製造した商品を主軸として安売り攻勢をしかけた。容赦のないリストラも奏功し、二年後には黒字に転じ、うなぎのぼりの成長を見せる。

現在は、むしろ魚住商事のほうが経営難になっている。長女と次女の娘婿が次期社長候補だが、暗愚だともっぱらの評判だ。

この魚住家の美人三姉妹の対立は、遺産相続問題もからめて、よくワイドショーのネタになっている。父が死んだあとは、三紗のオリエ社が逆に魚住商事を呑《の》み込むのではないかとも噂《うわさ》されている。

三紗には准一《じゅんいち》という息子がいる。三十九歳のときに高齢出産した一人息子で、体外受精だった。三紗はこの准一を溺愛《できあい》していて、オリエ社を継がせるために、英才教育をほどこしていることもよくテレビで取りあげられる。准一が美少年であることも、世間の耳目を集める理由の一つになっている。

とにかく話題には事欠かない一家である。

オリエ社の実権は、三紗が握っている。凌は、社長とはいえ閑職に近い。三紗が支配している自宅には居づらいようで、正月でも出社している。しかしゴルフの練習くらいしかすることがないようだ。

凌は、輸入物のスーツを着て、レイバンのメガネをかけている。

「よう」と竜太は言った。

凌は、返事もしない。憂鬱《ゆううつ》そうな顔をしている。

「なんだよ、その顔は。知らねえ仲じゃねえんだ。同い年なんだしよ。もちっと愛想《あいそ》よくできねえのかよ」

竜太は、親しげに凌の肩を叩いてから、社長席に腰かけた。

「いいねえ。社長室でゴルフの練習とは。三紗さんは元気？　最近もワイドショーに追っかけまわされて大変みたいだけど」

凌は、露骨に無視している。その仕草《しぐさ》が、ふてくされた少年みたいで、おかしかった。根が単純で、素直に反応する男だ。しょせんはボンボンで、争うのは嫌いだし、痛いのもいやだし、血も見たくない。

「俺もゴルフ、やろうかな。そのパター、いくらするの？」

「………」

「受付にいた女、ちょいと厚化粧だけど、いい女だねえ。ケツなんて、ぷりっぷりだぜ。俺もあんな女とやりてえなあ。なあ、社長、あの女とやったの？　まあ、やらねえわけねえよな。プレイボーイで有名なあんたが、こんな身近にいるいい女に手を出さねえわけねえ。あれか、この社長室に呼びつけて、カーテンなんか開けっぱなしにしてよ、このでっけえデスクに押し倒して、股《また》ぐら開かせて」

下卑《げび》た笑いかたをした。席を立ち、九階の窓から外を見下ろした。

「あー、いい眺《なが》めだ。こうやって社長室から庶民を見下ろすのはいいもんだねえ。高学歴の部下に働かせてよ、秘書が持ってきた紙っぺらに判子押して、偉そうに訓示たれてるだけで、年収一億ってか。俺もそんなんしてみてえなあ」

「なんの用ですか？」

屈辱に耐えきれなくなったみたいに、凌は言った。

「いやだねえ。俺がここに来る用といったら、一つしかねえじゃねえか。わざわざ分かりきったことを聞くのはバカだろ」

竜太は、空っぽの財布を開いて見せた。残りの小銭を、デスクの上にじゃらじゃらとすべて落とした。

「見てくれよ。もうこれだけしかねえんだよ。うちは、ほら、夏妃が入院してるだろ。それにバカ息子の志郎が、誰に似たんだか、とんでもねえ大飯食らいで、食費が人の三倍もかかりやがる。このあいだなんか、校庭で野球やって、打った球が体育館のガラスを割ってよ。これがただのガラスじゃねえんだよ。ステンドグラスといって、色つきのやつで、それの弁償が八万だぜ。ガラス割ったんなら、さっさと逃げりゃいいんだよ。でもよ、そこはバカだから正直に職員室に行って、自首しやがった。まったく育ちがいいんだよ、あいつは。生まれは悪いが、育ちはいいんだ。ま、元気に育ってますよ。あいつは元気だけが取り柄だからな」

竜太は、部屋にあったシュレッダーの電源を入れ、特に意味はないけれど、デスクに載っていた企画書らしき紙を数枚取って、投入口に流し込んだ。ガガガガという音がして、細かくなった紙が底に落ちた。

「てなわけで、この通り、金欠なんだ。俺は無職だしよ。この左手と、この顔の傷跡のせいで、誰も雇ってくれねえんだ」

小指のない左手の人差し指で、顔の傷跡をなぞった。

「金は出ていく一方なのに、入ってくるあてはねえ。とくれば、頼みの綱は織江大明神様だ。金はあるところにはあるって話だからな。ほら、大企業の内部留保ってやつだよ。会社の金は社長のもの。接待費で落とせば、ふところも痛まねえ」

竜太はひざをついて、土下座をした。

「この通りだ。頼むわ、織江さん」

「またその手ですか」

「その手ってなんだよ。俺はよ、人にものを頼むときは、頭を下げるのが道理だと思うからこそ、こうして誠心誠意、頭を下げてるんじゃねえか」

額を床にこすりつけて、深く土下座する。

「どうか、頼みますよ。俺たちはもう家族みてえなもんじゃねえか、なあ」

凌がため息をつくのが、顔をあげなくても分かった。

「ちょっと待っててください」

凌は、社長室とつながった隣の部屋に行った。数分で戻ってきた。

竜太はもう土下座をやめて、社長席に腰かけている。ばらまいた小銭を集めて、ポケットにしまった。

凌は、厚めの封筒を持ってきた。竜太はそれを渡されるまえに、ひったくった。中身は確認するまでもない。厚みで、五十万だと分かる。

「助かります。織江さんには足を向けて寝られませんわ」

封筒を、ダウンジャケットのポケットに突っ込んだ。

「んじゃ、帰ります。困ったときは、また頼みます」


屋外に出た。

のどが渇いた。いや、アルコールへの飢えか。

近くのコンビニに入って、缶ビールを買った。店を出るなり、一気に飲んだ。

恐喝の仕方は、ヤクザ時代に学んだ。

今のヤクザは、暴力を用いない。暴対法施行《しこう》以後、たちまち手錠がかかってしまうようになったからだ。しかしヤクザはヤクザである。一般市民＝弱者から富を奪うという本質は変わらない。ただ、脅し方を工夫するようになった。

たとえば、縄張り内の店からみかじめ料を徴収するとき、みかじめ料を払えとは言わない。組員がおしぼり業者をよそおって店に営業に行く。ただし、その売り値は相場の五割増し。当然、相手はそんなものは買わない。しかし、何度もめげずに営業に行く。土下座もするし、泣き落としもする。脅すのではなく、困らせるのだ。そんなことをされたら困る、ということをする。

そして会話のなかに、さりげなくバックに暴力団がいることを匂わせる。服装は普通のサラリーマンだが、言葉づかいや態度にヤクザっぽさを出す。「契約を取ってこないと、兄貴になにされるか分かんないんすよ」といったふうに。そして実際に、その一週間後、ボコボコに殴られた顔で現れる。

それでも相手が断り続けたら、その後、その店では無銭飲食が続いたり、壁に落書きされたりする。あるいは、やたら床につばを吐く外国人が客として来たりする。すべて暴力団が半グレや多重債務者にやらせたことだ。やがて相手もその意味が分かるようになる。これは恐喝なのだと。

相手に娘がいるなら、こわもての男を送り込んで、じろじろといやらしく舐めるように娘を見つめて、「きれいなお嬢さんですね」などと言って笑うだけで脅しになる。向こうが根負けして、五割増しのおしぼりの契約書にサインするまで続けられる。警察は、暴力団のしわざという証拠がないかぎり、何もしてくれない。そして一度契約を結んだら最後、ヤクザとの関係は切れない。次はわりばし、ストローの契約と、次々と深入りしていくことになる。

土下座もふくめて、そういう卑屈なことをプライドもなくできる人間は、何をするか分からないという意味で、相手に恐怖を与えるものだ。ヤクザ時代、先輩がそうするのを見て、竜太もやり方をおぼえた。相手を脅すのではなく、困らせる。脅せば脅迫罪で捕まるが、困らせるだけなら罪にならない。

たとえば、こっちが高額の贈り物をする。相手が困って受け取りを拒否したら、贈り物を突きかえすなんて失礼じゃないかと相手を責めたてる。相手はさらに困る。それだけでも心理的に優位に立てる。

そのときに学んだことが、今になって役に立っている。

なぜか、汗が噴《ふ》きでてきた。

ヤクザ時代のことを思い出すと、胸がむかむかしてくる。ふと、夏妃のことを思い出して、居たたまれない気持ちになった。

俺は何をやっているのだろう。うまく頭が働かない。

ビールの空き缶を地面に捨てた。歩きだすが、まっすぐ歩けない。ひざがおかしい。三半規管が揺れている。気持ちが悪くなって、道ばたに嘔吐した。さっき食べたおにぎりが未消化のまま出てきた。

ひきつった凌の顔を思い出したら、おかしくて笑えてきた。

# 4

「あのお姉ちゃん、大丈夫かなあ」しおりと呼ばれた妹が言った。

「人の心配してる場合か」兄がぶっきらぼうに言う。

沙羅は、霊界に戻るのをあきらめて、二人の子供を尾行している。人間より聴覚がすぐれているので、距離はあっても話し声は聞こえる。

二人は店員をまいたあと、歩いて八王子の市街を離れ、山に入っていく。山の名前は知らないが、それなりに高い。

もう二十分は歩いている。アスファルトで舗装されていない山道で、この傾斜の登り坂は子供にはきついはず。兄の足取りは元気だが、妹のペースがだいぶ落ちている。兄はちらちら妹を確認しながら歩いている。

兄が言った。「くそ、あの女。あいつが邪魔しなきゃ、さっさと逃げられたのに」

「悪いことをしたのは、私たちだよ」と妹が言う。

「分かってるよ。俺だってな、万引きなんてしたいわけじゃねえもん。でも、やるっきゃないんだ。生きるためだ」

兄は足を止めて、とぼとぼついてくる妹を振りかえった。

「おまえのためでもあるんだぞ。他人事みたいに言うなよ。いいか、しおり。俺たちはもう誰も頼れないんだ。分かってんのか？」

妹は返事をしない。不満げな顔をして、兄のあとをついていくだけ。

兄は、まるで戦場にいるように、神経を尖《とが》らせている。子供なのに、守られているという感じがない。親の庇護《ひご》から離れている。兄の声から伝わってくるのは、悲壮なほどに強い正義感である。

しかし、どこに行くつもりだろう。

追っかけて捕まえて蹴《け》っ飛《と》ばしてやるつもりだったが、二人が鬱蒼《うっそう》とした山のなかに入っていったので気になってそのまま尾行している。

ずっと坂道を登って、山の裏側までぐるりと回ってきた。木々に覆《おお》われた道から、ようやく開けた場所に出た。

一軒の家にたどり着いた。

どうやら空き家のようだ。古い日本家屋で、外壁がひどく汚れている。屋根の瓦《かわら》も剝《は》がれているし、じゃっかん傾いているようにも見える。

まるで幽霊屋敷だ。

「お兄ちゃん、ひざから血が出てるよ」

「平気だよ、これくらい」

沙羅が足をひっかけて、転んだときにできた傷はまだ乾いていない。自分で傷口につばをつけていた。冬なのに、半ズボン。寒いのか、ずっと洟《はな》をすすっている。

「ああ、疲れた」

妹がぼやいて、縁側に腰を下ろした。兄は元気があり、体つきもいいが、妹は体力がなさそうに見える。

「お兄ちゃん、寒い」

「ん、じゃあ焚《た》き火《び》でもするか」

枯れ葉や枯れ枝を集めた場所があった。兄はスコップでそれらを運んできて、庭の広いところに山を作った。ライターで新聞紙に火をつけてから燃やすと、やがて煙が立ちのぼった。妹はしゃがみこんで、火にあたっている。

「お兄ちゃん、お腹《なか》すいた」

「じゃあ、焼きイモでも作るか。ちょっと待ってろ」

兄は家屋に入り、しばらくしてアルミホイルで包んだイモを二つ持ってきた。それを焚き火のなかに入れた。

「お兄ちゃん、のど渇いた」

「あのな、しおり。なんでもお兄ちゃんじゃなくて、自分でできることは自分でしろよ。すぐそこに沢があるから、自分で汲《く》んでこいよ」

妹はふくれっつらをしている。なんでこんなことをしなきゃいけないのかと、抗議するみたいに。これみよがしに、ため息をついた。

「ため息ばっかりつくなよ」と兄が言う。

「お兄ちゃん、ここ、誰の家なの？」

「知らないけど、空き家だよ。昔の町長さんが住んでたんだって。だから、この山はチョウチョウ山っていうんだ」

「今は誰も住んでないの？」

「誰も住んでない。俺が、小三のときにこの山にカブトムシを捕まえにきて、見つけたんだ。そのときからずっと空き家だ」

「勝手に入っていいの？」

「いいんじゃないか。この家だって、誰にも住んでもらえないよりはいいだろ。持ち主が帰ってきたら、明け渡せばいい。子供だから、ごめんなさいって言えば、許してもらえるよ。でも、俺たちの家じゃないから、大切に使わなきゃダメだぞ」

「今日からここに私とお兄ちゃんだけで住むの？」

「そうだよ。何度も言ってるだろ。運よく押し入れに布団も入ってたし、囲炉裏や火鉢や竈《かまど》もある。ボットンだけど、トイレもある。風呂《ふろ》もある。五右衛門風呂《ごえもんぶろ》ってやつだ。薪《まき》を集めておいたから、沸かせば入れる。電気や水道は来てないけど、生活に必要なものは全部そろっているんだ。意外と快適だぞ」

「そういうことじゃなくて、なんでここに住むの？」

「だからぁ」兄は少し言いよどむ。「あのな、しおり。はっきり言っておくぞ。お母さんはな……、もうすぐ死ぬんだ」

「………」

「お母さんはもうすぐ死ぬ。だから、これからは俺たちだけで――」

「お母さんは死なないよ」

「死ぬんだ」

「死なない。治る病気だって言ってたもん。だから入院して治療してんじゃん」

「それは嘘も方便ってやつだ。大人は嘘ばっかりつくんだよ。子供だと思って、平気でだますんだ。でも、見れば分かるだろ。お母さんの病気は治らない」

「治るもん。お母さんは死なない」

「死ぬんだ」

「なんで？　お兄ちゃんは、お母さんに死んでほしいの？」

「そんなわけないだろ。俺だって、治るものなら治ってほしいよ。でも無理なんだ。もう助からないんだ。お母さんはガンなんだ」

「なんの？」

「なんのかは知らないけど、末期ガンだ。あの病院で、お母さんはこのあいだまで、六人の患者がいる大部屋に入院してただろ。なのに、一人部屋に移されたんだ。それはもう長くないっていう意味なんだ。もうすぐ死ぬから、ほら、人が死んだら、同じ病室の患者が動揺するだろ。だから死ぬのを見せないように、いよいよとなったら、ああやって一人部屋に移すんだ」

「お母さんは死なない！　お兄ちゃんの嘘つき」妹は半べそになって言う。

「ああ、もう泣くなよ。そりゃあ俺だって、お母さんの病気が治って、元の生活に戻れるなら、それが一番いいよ。俺だってこんなことしなくていい。今やっていることは全部無駄になる。それならそれでいいんだ。でも現実は……。なあ、しおり。もしお母さんが死んだら、俺たちはどうなると思う？」

「どうなるって？」

「あんなやつと一緒に暮らせるか？」

「お父さんのこと？」

「お父さんなんて呼ぶな。あいつでいい。あの酔っ払いだ。あんなやつ、絶対にあてにならないだろ。酒を飲んでいるばっかりで、働きもしないし。だからお母さんが死んだら、俺たちは、みなしごを集めた孤児院に入れられるかもしれない。図書館にあるアメリカの小説で読んだんだけど、孤児院ってのは、いじめがあったり、虐待があったりするような場所だ。お金がなくて、夕飯はいつもマッシュポテトだ。しかも俺たちはバラバラになるかもしれない」

「タカミチおじさんのところは？」

「無理だよ。タカミチおじさんは優しいけど、おばさんがずっと病気だし、おじさんの店はつぶれちゃって、借金もある。だから子供を二人も引き取る余裕なんてない。でも、しおりだけでも預かってもらえれば、俺は一人でここで暮らすから、それでもいいんだ。そういう可能性もある」

「なに言ってんのか、よく分からないけど」

「ともかくだ。最悪の場合でも、俺は孤児院には行きたくないし、あいつとも一緒に暮らせない。だから、ここで暮らすことにする」

「お金はどうするの？」

「俺が働ければいいけど、まだ小学生だから、雇ってくれるところがあるか分からない。でもとりあえず、食べ物は盗めばいい。今日は、あの女のせいで危なかったけど、次はもっとうまくやる。万引きなんて本当はしたくないけど、やるしかない。それから、この家の庭に畑を作ろうと思ってる」

「畑？　どうやって？」

「春になったら、種イモを温めて芽を出させてから、土に埋めるんだ。そしたら秋にはたくさんのイモができる」

「やったことあるの？」

「ない。でも、本で読んだ。分からないことは調べればいいんだ。そのために図書館がある。図書館はタダだ。それから川で魚も釣るし、山菜だってここなら取り放題だ。肉とかお菓子とか、自分で作れないものは盗む」

「学校はどうするの？」

「それはまだ考えてない。でも義務教育なんだから、行かないわけにはいかないよな。だって義務なんだから。給食だけでも食べに行きたいし」

「私は学校に行きたい。友だちもいるし」

「まあ、それはおいおい考えよう。ともかくだ。人間は水と食べ物があって、寝るところがあれば生きていける。なんとかなる」

「ならないよ」

「じゃあ、他にどんな方法があるんだよ」

「…………」

「ほら、ないじゃん。自分にアイデアもないくせに、人のアイデアに文句言うなよ。文句言うなら、おまえも考えろよ」

兄が木の棒を使って、焚き火から焼きイモをかきだした。少し冷ましてから、一つを妹に渡した。

「まあ、ともかくだ。いつ何があってもいいように、準備だけはしておこう。孤児院に入れられそうになったら、選択肢の一つとして、いつでもここに逃げ込むことが可能な状態にしておく。いざとなったら籠城《ろうじょう》する。大人たちがいつ攻めてきてもいいように、バリケードを築いて、保存食もためておく」

「お父さんはどうするの？」

「あいつのことは知らない。あんなやつ、お父さんじゃない。いっそ死ねばいいんだ。それともなにか、しおりはあいつと暮らしたいのか？」

「ううん」妹は首を横に振る。

「だろ。だから言ってんじゃないか。俺は兄として、おまえのためを思ってやっていることなんだから、文句言わないで協力しろよ。くれぐれも、この空き家のことは誰にも言うなよ。それから、お母さんの前で泣いたりもするな。俺たちは、何も気づいていないフリをするんだ。いいな」

「うん」妹はうなずいた。

「じゃあ、さっさと焼きイモを食え。食ったら、天気いいから布団を干すぞ。それからお母さんのお見舞いに行こう」

「ふうん、なるほど」沙羅は言った。「それで二人で万引きしたってわけか」

「えっ」

兄妹は同時に言った。周囲をきょろきょろと見まわした。

「だ、誰だ？」兄が叫んだ。

「こっちこっち」

沙羅は木の上にいる。二人に気づかれないように庭の木に登って、太い枝に腰をかけている。そこでずっと二人の会話を聞いていた。

兄が見上げて、沙羅を見つけた。

「あ、さっきの女……、いつのまに」

沙羅は立ちあがり、「トウ」と言って枝から飛びおりた。空中でくるりと一回転して、両手を広げて着地した。

「すごっ」と妹が言う。

兄が立ちあがる。「人の話を盗み聞きするなんて、卑怯《ひきょう》だぞ」

兄は妹の腕をつかんで引っぱり、自分の背中側に隠した。それからファイティングポーズを取った。大人はみんな敵、そんな顔つきをしている。

「そんな怖い顔をしなくても平気よ。獲《と》って食いやしないから。こんなかわいいお姉さんが、そんなことするようには見えないでしょ」

妹が言った。「お店の人に捕まってなかったんですか？」

「この私が、人間ごときに捕まるわけない」

「よかったぁ」妹は胸をなでおろした。

「つまり、お父さんが酔っ払いで、お母さんは末期ガン。で、最悪、二人だけでここで暮らそうってわけね。まあ、なんか事情があるんだろうなとは思ったけどさ。とはいえ、万引きは犯罪だしなー。しょせん、頭の悪いガキンチョが考えた浅はかな計画で、無謀っていったら無謀だし」

「なんだと！」兄が怒鳴《どな》った。

「っていうか、あんたらのせいで、私も家に帰れなくなっちゃったんだよね。どうしてくれんのよ」

すでに時空の切れ目は閉じている。もう霊界に戻る方法はない。

あとは沙羅がいないことに霊界の側で気づいて、切れ目を作って、迎えに来てもらうしかない。

今、霊界では閻魔大王の父が仕事中で、秘書官の吏利琥《りりく》がついている。母には今日、友だちの家に遊びに行くと嘘をついて、家を出た。沙羅が地上に下りていることを知っているのは吏利琥だけ。吏利琥が、沙羅が霊界に戻っていないことに気づき、迎えに来るのを待つしかない。

切れ目を入れるのにも時間がかかるから、最短でも迎えが来るのは明日。

だが、霊界に帰るつもりだったので、金はほとんど使ってしまった。ホテルに泊まる金はない。沙羅の能力なら、金なんていくらでも盗めるけど、さすがにそれはまずい。閻魔大王の娘が、無許可で地上に下りて、窃盗や無銭飲食をしたことがバレたら、とんでもないスキャンダルになる。

「ま、ともかく私は家に帰れなくなっちゃったから、今夜はここに泊まらせてもらう。いいでしょ?」

兄が言う。「ダメだ。なんでおまえなんか泊めなきゃいけないんだ」

「あっそ。じゃあ警察に万引きしたこと言っちゃうから」

「うっ」

「ここに勝手に住もうとしていることも全部バラしちゃうから」

「ちょ、ちょっと待て。分かった。泊まっていい。だから、そのことは言うな」

妹が言った。「帰りの飛行機に乗り遅れちゃったの?」

「そんなとこ。で、君の名前は?」

「ミヤザワシロウ」と兄は言った。「宮沢は普通のやつで、志《こころざし》に、郎も普通のやつ」

「私はミヤザワシオリ。漢字だと、こう書くの」

妹は、木の枝を拾って、地面に「汐緒里」と書いた。

「志郎と汐緒里ね。二人は何年生?」

志郎が答える。「俺は小六で、汐緒里は小二」

「お姉ちゃんの名前は？」と汐緒里が言う。

「沙羅。漢字で書くと、こう」

汐緒里から木の枝をもらって、地面に「沙羅」と書いた。

「名字は？」と志郎が言う。

「んなもんない」

「なんで名字がないんだよ。外人か？」

「外人ではないけど、日本人でもない。ところで、あんたたち、私のそばから離れないほうがいいよ」

「は？」

命を狙《ねら》われているみたいだから、とは言わなかった。

# 5

足がふらついたまま、自宅アパートに着いた。

家賃七万円、二階建てのボロアパートである。竜太はさびついた階段をのぼり、ドアの鍵《かぎ》をあけ、二階の部屋に入った。

誰もいない。

狭い部屋が二つしかない。一つは居間、もう一つは志郎と汐緒里の子供部屋。その子供部屋の襖《ふすま》を開けるが、誰もいなかった。

今は冬休みである。二人でどこかに遊びに行ったのだろうか。いや、たぶん夏妃の病院に見舞いに行っているのだろう。

二人はよく喧嘩《けんか》するくせに、いつも一緒にいる。兄は、体が弱くて風邪をひきやすい妹を守ろうという気持ちが強い。妹は、元気がありすぎて暴走しがちな兄を自分が監視していないと危ないと思っている。兄妹ともに、おたがいにとって自分がいないとダメだと思っているフシがあって、だから離れない。

竜太が拾ってきたボロ机を、二人で共用している。汐緒里のものらしき教科書とノートが広げられたまま。

子供部屋の襖を閉めた。

腹が減ったので冷蔵庫を開けるが、ろくなものは入っていない。

「なんもねえな」

買ってきた缶ビールを開けて飲んだ。

眠い。けれど、体は興奮していて、脳は醒めている。こんなにまぶたが重いのに、いざ眠ろうとすると、脳が別のことを考えはじめる。ぐでんぐでんに酔ってしまえば、意識はなくなるが、たぶん睡眠を取っているうちに入らないのだろう。眠気は消えないし、疲れも取れない。

トイレに行って小便をする。水を流したところで、玄関ドアをノックする音がした。

「宮沢さん、いらっしゃいますか?」

男の声だった。無視していると、ノックが強くなった。

「宮沢さん、いらっしゃいますよね。開けてくれませんか?」

さらに強いノック音。

「宮沢さん、開けてください。お願いします」

それがずっと続いた。たぶん流したトイレの音で、部屋にいることがバレているのだろう。ドアは執拗《しつよう》にノックされる。

その耳ざわりな音にいらついて、玄関を開けた。

「うるせえな、コノヤロウ。叩き殺すぞ！」

二人の中年男が立っていた。一人は見おぼえのある男だ。たしか志郎の小学校の担任だったはずだ。もう一人は知らない。

担任は、いきなり怒鳴られて、びくっとした。まだ三十代だと思うが、髪が薄くなりはじめている。丸顔で、アンパンを連想させるほっぺた。温厚な顔立ちで、体型も丸みをおびている。

「こんにちは、宮沢さん。覚えていらっしゃいますか。志郎くんの担任の大森《おおもり》です」

「ああ、覚えてるよ」

「こちらはグンジさんといいます」

「グンジ？　誰だよ」

大森はその質問には答えず、言った。

「ちょっとだけお話をさせてもらってもよろしいでしょうか？」

「いやだよ。俺は忙しいし、教師なんか嫌いだ。帰れ」

竜太がドアを閉じようとすると、大森はとっさにドアをつかんで引き開けた。ドアノブをつかんでいた竜太は、急にドアをひっぱられ、よろめいた。酔っていたせいで、ひざをついて玄関に転がった。

「大丈夫ですか？」

グンジが太い声で、手をさしのべてくる。

武骨な顔だった。天然パーマをオールバックにしている。年齢はやはり三十代くらい。学生時代にスポーツを本格的にやっていたような体格のよさがあり、同時に上下関係にうるさい世界で生きてきたような礼儀正しさがある。

度胸もありそうだ。

大森はいかにも気弱そうな男だ。竜太が元ヤクザなのは知っている。一人で来るのは怖くて、ボディーガードを連れてきたのだろうか。

グンジは、転んだ竜太を助け起こすかたちで、玄関に入ってきた。

大森が言った。「大事な話なんです。どうかお願いします。もしよければ、このあたりに喫茶店でもあれば――」

「いいよ、入れよ」

面倒くさいのと、よろけて情けなくなって、そう言った。

「では、失礼します」

二人は部屋に入ってきた。入るなり、生活状況を確認するように、部屋のすみずみまで見まわした。

「お茶もなにもねえぞ」

「いえ、おかまいなく。話も長くならないようにしますので」

二人は正座して、両手をふともものつけ根に置いた。

「ひざをくずせよ」

「いえ、このままで」

「で、なんだよ、話って」

「はい、志郎くんと汐緒里さんの今後のことです。ちなみに今日は来られませんでしたけど、汐緒里さんの担任にも話は通してあります」

「それで？」

「率直にお聞きします。奥さまの病状はどうなのでしょうか。一時は退院されたとお聞きしましたが、また入院なさったとのことで」

「おまえには関係ねえだろ。個人情報だ」

「もちろんそうなのですが」大森が、隣のグンジに顔を向けた。「あの、さしでがましいようですが、今日は児童相談所の職員の方にも来てもらいました」

「児童相談所？」

グンジは名刺をテーブルに置いた。郡司朝治《ぐんじあさはる》、八王子の児童相談所の職員とある。妙に物腰の落ち着いた男だ。

「なんだ、てめえら。俺が虐待してるって言いてえのか」

「いえ、そういうわけでは」と大森が言う。

「虐待なんかしてねぇよ。志郎や汐緒里に聞けば分かるだろ。人を疑うんなら、なにか証拠があるんだろうな」

「いいえ、虐待を疑っているわけではありません。むしろ暴力的な虐待がないことは分かっています。しかし、だからいいというものでもなくて、今のお宅の状況を見ますと、子供を養育できる状況にもないということで」

「なんだよ、お宅の状況ってよ。具体的に言ってみろよ」

「……はい、では率直に言いまして、宮沢さんが現在、無職で、こうして昼間から飲酒している家庭状況にあるということです。そのうえ奥さまが長く入院されていて、子供をお世話できる状況でもないことから」

「おうおう、言いたいこと言ってくれるじゃねえか。てめえ、俺に喧嘩売ってんだな。分かった。よし、おもてに出ろ」

「いえ、喧嘩を売っているわけではないんです」

「第一、いらねえんだよ、あいつらに世話なんかよ。ガキといっても、自分のことは自分でやるし、そうするように躾《しつ》けてあるからな」

「はい、それは分かっています。志郎くんも汐緒里さんも、とてもしっかりした子です。志郎くんは本をよく読む子で、クラスでもリーダーシップを発揮してくれています。汐緒里さんは、とても大人っぽい考え方をする子で、お手本のような作文を書きます。学校の成績もいいですし。とはいえ、まだ子供です。できれば奥さまにもご相談したいのですが、今どういう状況でしょうか。学校や行政にも協力できることはあると思うので、もし入院が長引くようなら――」

以前にも学校で、こういう父親がいることは問題になっていた。だから家庭訪問でのチェックもあったし、夏妃が学校に呼ばれたこともあった。

ただ、これまでは夏妃がいたし、少なくとも父親による暴力はないということでスルーされてきた。しかし夏妃が入院して働けなくなり、飲んだくれの父親はあいかわらず無職である。そして今は父親と二人の子供だけの生活になっていることで、大森も放っておけなくなったのだろう。

夏妃の病状について、学校側には話していない。だが、なんとなく想像はついているのかもしれないと、大森の表情を見て思った。

「夏妃は話ができる状況じゃねえよ。入院も長引くっていうか……」

大森は、郡司に目配せした。それから言った。

「奥さまがお子さん二人を養育できない状況であれば、たとえば他に親戚の方で、奥さまが退院されるまでのあいだ、二人の面倒を見てくれるという方はいらっしゃらないのでしょうか?」

「夏妃は一人っ子だ。親はいねえようなもんだし。俺には弟がいるけど、あれはダメだ。

嫁が病気で、やっていた店もつぶれた。自分たちの生活だけで精一杯で、よそのガキの面倒なんか見られる状況じゃねえ」

「私たちとしても、できれば志郎くんと汐緒里さんが一緒にいられる環境にしてあげたいと思っています。一般的には、親が子供を育てられない状況のときは、児童養護施設で預かるか、養親を探すことに――」

「ようよう、おめえら。なんか勝手に話を進めてくれちゃってるけどよ。夏妃はああいう状態だとしても、俺がいるじゃねえか。俺があいつらの面倒を見りゃいいだけだろ。俺が父親なんだし。それは間違いのねえところだ」

「しかし、宮沢さんは無職ですよね。率直にお聞きしますが、現在、この家の家計はどうなっているのですか？　貯金はあるんですか？　収入は？」

「金ならあるよ」

竜太は、五十万円が入った封筒をテーブルのうえに出した。

大森は委縮したが、郡司が手をのばした。

郡司は、封筒を開いて中身を確認した。大森にも見せた。枚数は数えなかったが、二人で目を見合わせた。

郡司が言った。「このお金はなんですか？　なにか仕事をされているんですか？」

「仕事っていうかな。なんだ、その……、ほら、打ち出の小づちってやつだよ。そいつを振るとよ、金が出てくるんだよ」

竜太は、へへっと笑った。

「なあ、大森さん。いや、大森先生か。それから郡司さんよ。あんたらみたいなまっとうな人間にゃ分からんかもしれんが、俺たちみたいなもんにもよ、俺たちみたいなもんなりの生きる知恵ってのがあるんだよ。ヤクザってのは、あっちこっちに打ち出の小づちを持っててよ、金がなくなったら、ちょっくら行って、そいつをしゃかしゃか振ると、金が出てくるんだ。だから無職でも心配いらねえんだよ」

竜太は缶ビールを取って、飲みほした。新しい缶を開けようとするが、手が震えてうまく指が動かない。

「飲みすぎですよ」と郡司が言った。

「うるせえ、俺に命令するんじゃねえ」

「命令ではないですよ。注意しただけです」

「それがよけいなお世話だっていうんだよ」

竜太は、缶ビールのプルタブを開けようとするが、やはり指がうまく動かない。

「手が震えてるじゃないですか。アルコール依存症ですよ」

「アル中じゃねえよ。することねえから飲んでるだけだよ」

「それをアル中っていうんです」

「なんだと、コラァ！」

竜太が立ちあがるまえに、郡司が動いた。郡司がすばやく竜太の肩をつかんで、下に押し込んだ。竜太の尻が床に落ちた。

「落ち着いてください、宮沢さん」

郡司は涼しげな顔をしている。こういうことに慣れている。児童相談所のなかでも、竜太のような男を担当する専門職員なのかもしれない。

と同時に、テストされているような気もしてきた。挑発的な言動に対して、竜太がどう反応するか。感情のコントロールがきかず、暴力行為に走るかどうか。その証拠に、郡司の目はすわっている。

ヤクザにとってはやりにくい相手だ。相手をびびらすのがヤクザ稼業だが、びびらない相手には通用しない。

郡司はつかんだ肩を放し、もとの正座に戻った。低い声で言った。

「宮沢さん、聞いてください。この件に関して、これから正式に児童相談所による調査が入ります。あなたが父親として子供をちゃんと養育できるのかを調べます。まず第一に、人間性。子供にどういう影響を与える人間かということです。第二に、経済力。ただし、お金があればいいという問題ではありません。それがどういう種類のお金なのか、あなたが言う打ち出の小づちがなんなのかも調べます。宮沢さん自身にも調査へのご協力をお願いすることになります。もしあなたがアルコール依存症なら、子供の養育なんてできませんし、あなた自身が病院に行って治療したほうがいい。もちろん奥さまにも話を聞かなければなりません」

「夏妃は話せる状態じゃねえよ」

「だとしても、話は聞きに行きます。奥さまが話のできない状況なら、仕方ありませんが」

「なら、勝手にしろ」

「その調査の結果、子供を養育するのが難しい状況と判断されれば、親権停止の手続きに入ります。そのうえで強制力をもって子供を保護します。一方的な通告になって申し訳ありません。あくまでも志郎くんと汐緒里さんの将来を考えてのことです。宮沢さんと争うのが目的でないことはご理解ください」

竜太は、爪楊枝《つまようじ》を使ってプルタブを開けた。缶ビールを飲んだ。その姿を、郡司が蔑《さげす》むように見ている。

「宮沢さんの父親としての考えもあらためておうかがいします。異議があるならもちろん聞きますし、弁護士に相談されるのもいいでしょう」

「弁護士なんていらねえ。俺の父親としての考えなら決まってるよ。おまえらなんかくそくらえだ」

郡司は挑発に乗らず、冷静な顔つきで言った。

「今日は突然、押しかけて申し訳ありませんでした。話を聞いていただいて、ありがとうございます。もし我々の言葉に、気に障《さわ》るところがあったのなら謝ります。では、今日のところはこれで失礼いたします」

大森と郡司は、丁寧に頭を下げてから、帰っていった。

テーブルには、五十万が入った封筒が残っている。竜太はビールの残りを飲みほした。

ぜんぜん味がしなかった。

急に酔いが回ってきて、意識が朦朧《もうろう》としてきた。テーブルに顔を伏せた。

# 6

沙羅は耳をすます。感覚を鋭くする。

この空き家は、見張られている。その監視の目に、強い殺気が混じっている。命を狙われているのは、この子たちだ。

沙羅は人間の感情、とりわけ殺意には敏感だ。

どこから監視しているのかは分からない。だが、近くにはいない。この空き家は、山の上方に建っている。見晴らしのいい場所だから、逆にいうと、近くの山のどこからでも監視しやすい。

さすがに距離があるので、向こうの話し声までは聞こえない。だが、監視している目は複数ある。数人いる。

殺気だけはぴりぴり伝わってくる。ただし、そこに憎悪はない。欲望もない。

人を殺す動機はさまざまある。怨恨《えんこん》、金銭欲、性欲など。それらには通常、なんらかの興奮ないし感情の氾濫《はんらん》がともなう。だが、この殺意にはそれがない。つまり殺すことだけを目的としている。

誰かに殺すように依頼されたプロの殺し屋だろうか。実際、その殺意には、訓練された者のたたずまいも感じられる。

しかし、なぜこの子たちが命を狙われるのか。謎《なぞ》を解くために必要な情報が出そろっていないので、さすがに沙羅にも分からない。

沙羅の五感は、基本的に霊界にいるときと同じで、人間の十倍以上ある。アフリカゾウが、遠くにいる見えない敵の気配に気づくように、沙羅は一キロ先の気配も感じとることができる。その気配が、楽しい気持ちでいるのか、悲しい気持ちでいるのか、その感情の色さえ嗅《か》ぎ分けられる。

ただし今は仮の肉体をまとっているので、かなり動きづらい。相手が複数で、戦闘経験を積んでいて、なおかつ武器を持っていれば、沙羅でも勝てるかどうか分からない。

たとえ銃で撃たれても、沙羅は死なない。

パラシュートで脱出するみたいに、仮の肉体から抜けだして、本来の霊体に戻るだけである。それで霊界に帰ればいい。仮の肉体はそのまま自然分解されて、いかなる証拠も残さず、数十秒で土に還《かえ》るようにできている。

つまり今の沙羅は、人並み外れた五感と運動能力を持った、ただの人間にすぎない。電子版閻魔帳のパソコンがあれば、この世の過去の記録をすべて見ることができるが、それも今は持っていない。

敵はまだ、沙羅が殺気に気づいていることに気づいていないだろう。だから敵にこっそり近づいて、ふいうちで捕縛することも不可能ではない。だが、今やってもどれくらい勝ち目があるかは分からない。沙羅は今、武器を持っていないし、向こうの人数も、どんな武器を持っているのかも分からないからだ。

一番まずいのは、沙羅がそいつらを殺してしまうこと。

閻魔家の者が、地上の歴史に影響を与えたり、記録に残るような事件を起こすことは断じて許されない。沙羅が霊界に戻ったあとで、災害に見せかけて（たとえば雷を落として感電死させて）殺すことはぎりぎり可能だが、それも本来はするべきではない。霊界は、人間界に干渉しないのがルールだからだ。

殺気は、遠くから舐めまわすように、この空き家を監視している。今のところ、積極的な動きは見られない。

今日は偵察だろうか。それとも殺害計画はあったが、中止になったか。もし計画が中止になったのだとしたら、その理由はたぶん沙羅にある。

子供二人を、周囲に誰もいない山中で殺すのは容易だ。事件性の痕跡《こんせき》を残さないように崖《がけ》から突き落とせば、事故死で片づくだろう。そういうつもりで計画を立ててきたが、見知らぬ女、すなわち沙羅が現れるという想定外のことが起きたから、いったん計画を中止したとも考えられる。

今のところ敵の正体も、この子たちを狙う動機も、まるで見えない。

いずれにせよ、沙羅が殺気に気づいていることに向こうは気づいていない。こちらからしかけて敵を捕縛するより、そのアドバンテージを生かして守備に徹したほうが得策かもしれない。

仮に子供が殺されても、沙羅が霊界に戻れば、生き返らせることはできる。だが、それも今は無理だ。なぜなら父の閻魔大王が元気で役目についているからだ。あの父は、たとえ子供がどんなかわいそうな死に方をしても、生き返らせるなんてありえない。そんなことをする理由もない。死んだその時点での罪過を見て、思い入れなく審判を下すのが、本来の閻魔の仕事である。

志郎は、リュックからランタンを取りだして、電池を入れていた。それからスイッチを入れて、明かりをつける。

「おお、すごい明るいぞ」

ホームセンターで万引きしたものだ。七千円もする代物だから、子供のこづかいでは買えず、やむなく盗んだのだろう。この空き家には電気が来ていないので、夜になったらこれが唯一の明かりとなる。

それから志郎は、一人で押し入れから布団を出して、庭に干していた。太い木の枝で布団を叩いて、埃《ほこり》を出している。その埃が風に流されて、沙羅と沙緒里が座っているところに飛んでくる。

汐緒里が言った。「お兄ちゃん、こっちに埃が来ないようにしてよ」

「んなこと言ったって、そっちに風が吹いてるんだからしょうがないだろ」

「だったら、風が止まっているときに叩いてよ」

「っていうか、おまえらも手伝えよ。いつまでもイモ食ってねえでよ」

沙羅と汐緒里は、焚き火の前に座って、焼きイモを食べていた。志郎は、自分のぶんのイモを沙羅に譲ってくれた。

沙羅は言った。「力仕事は男がやるものでしょ。こんな細腕のかわいい女の子に、そんな重たい布団を運ばせる気？　それでも男か」

志郎はふてくされた顔をしている。だが、反論はしない。文句を言いながらも、一人でせっせと働いている。

沙羅と汐緒里は、焼きイモを食べながら、おしゃべりしていた。

「じゃあ、おおまかに言うと、こういうことね」

汐緒里から聞いた話をまとめると、
母の夏妃は病気であり、もう長くないらしい。父の竜太は酔っ払いで、無職である。左手の小指がなく、顔にめだつ傷跡があり、背中にも入れ墨があるというから、素性のあやしい男だ。もともと母が働いていて、シングルマザー同然の生活だった。アパートの二階に住んでいて、父はときおり帰ってくるが、何日も帰ってこないときもある。家にいても酒を飲んで、ぐうたらしているだけ。

そして兄は、父が大嫌いである。母が死んだら、あんな父とは一緒に暮らせない。だから家を出て、兄妹だけで、食料など生活必需品は盗んで、この空き家で暮らすという子供じみた計画を立てている。

沙羅は言った。

「その父親って、そんなにひどいの？　暴力をふるってくるとか？」

「ううん」汐緒里は首を横に振る。「暴力はふるわない。でもお兄ちゃんとは、すごく仲が悪い。口を開けば喧嘩になる。どっちもすぐに怒るから」

「汐緒里ちゃんは？」

「お父さんのこと？　うーん、べつに好きでも嫌いでもない」

「じゃあ今は実質、志郎と二人だけで生活してるんだ」

「うん、お母さんから生活費を渡されて、ごはんを作るのも、掃除をするのも、だいたいお兄ちゃんがやってる。私も手伝うけど」

今も、志郎は一人でてきぱき働いている。三人分の布団を干したら、今度は斧《おの》をかついで薪を割っている。子供にしては力持ちだ。足腰が太く、肉体労働者的な、日に焼けた立派な体軀《たいく》をしている。

志郎は薪割りを終えて、斧を立てかけ、縁側に腰かけた。沢から汲んできたという水筒の水を飲んでいる。

「で、沙羅。俺たちは今日からここに泊まる。沙羅も俺たちのせいで帰れなくなっちゃったんなら、迎えが来るまで泊まってもいいけど」

「泊まってもいいって、そもそも志郎の家じゃないでしょ」

「そうだよ。だから沙羅も泊まりたければ泊まっていいって言ってんだ」

「あっそ。じゃあ泊まる」

汐緒里が声を弾ませた。「沙羅ちゃんもここに泊まるの？　やったー！」

志郎が言う。「でも沙羅、この隠れ家のことは誰にも言うなよ。汐緒里もだぞ。女は口が軽くておしゃべりなんだから、くれぐれも気をつけろよ」

「お兄ちゃんだって、おしゃべりじゃん。男のくせに」

「ああ、俺もおしゃべりだ。でも、言っていいことと悪いことは区別してる。女はあることないこと全部しゃべるんだから」

「女だってちゃんと区別してるよ」

「区別してないよ。のべつ幕なしにべらべらしゃべるのが女だ」

「なに？　ノベツマクナシって」

「分からなかったら、辞書で調べろ。本を読んでいて、知らない言葉が出てきたら、辞書で調べるんだ。言葉を知らないと、大人になって大恥をかくぞ」

汐緒里はあきれ顔で、ため息をついた。

志郎は言った。「沙羅、台所の棚に食べ物を隠してあるから、お腹がすいたら食べてもいいぞ。でも貴重な保存食だから、食べすぎるなよ」

「はいはい」と沙羅は答えた。

汐緒里が、沙羅の耳に顔をよせて、ひそひそ声で言った。「ホント、むかつくよね、あの言い方。いつも命令形なんだよ」

志郎は疲れきって、縁側で寝そべっている。でも休憩したのは五分くらいで、すぐに起きあがった。

「よし、お母さんのお見舞いに行こう。汐緒里、準備しろ。沙羅はどうする？」

「私もお見舞いに行くよ。いちおう、あいさつしないとね。それからお宅の息子さん、万引きしたり、空き家を不法占拠したり、めちゃくちゃやってますけど、どういう育て方をされたんですかって聞かないと」

「おい！」と志郎。すぐ怒る。

「というのは冗談。ところであなたたち、最近、誰かに命を狙われたりしてない？」

「は？」

「身の危険を感じたとか、危ない目にあったとか」

「なんだそれ？」と志郎。「ないよ、そんなこと」

「汐緒里ちゃんは?」

「私もないけど」と汐緒里は答える。

「じゃあ、怪しいやつに尾行されたとか」

志郎が答える。「なんだよ、怪しいやつって。怪しいのは沙羅のほうだろ」

「沙羅ちゃんは怪しくないよ」と汐緒里が言う。

「怪しいよ。なんで名字がないんだよ。おかしいだろ」

「ねえ、沙羅ちゃん」汐緒里が顔をよせて、ひそひそ声で話しかけてくる。「沙羅ちゃんって、どこかの国の王女様なんでしょ」

「は? ……ああ、まあそうかな。当たらずとも遠からずというか」

「やっぱり。そうじゃないかと思った。だってこんなきれいな人、ちょっといないもん。じゃあバレたら大変だね。絶対に内緒にしておくからね」

「うん、そうして」

汐緒里は、沙羅をかぐや姫かなにかだと勘違いしているらしい。

いつのまにか、殺気が消えている。

だが、遠くから見張られている感じはまだ残っている。沙羅が近くにいれば、向こうはしかけてこないかもしれない。

どのみち明日まではこの地上にいるしかない。

二人と出会ったのも、何かの縁かもしれない。ぶっきらぼうで口の悪い少年と、その兄に振りまわされながらも負けていない、実は鼻っ柱の強い妹に、もう少し付き合ってみるのも悪くない気がしてきた。

今どき、あまりいないタイプの兄妹である。

ただ、沙羅もずっと地上にはいられない。沙羅が霊界に戻ったあとで殺されたら、もうどうしようもない。沙羅がふいうちで敵を捕縛することもできなくはないが、この地上で派手に動くことは好ましくない。

沙羅は手を貸さず、人間自身の手で解決させるのが筋だが。

「さて、どうするか」

# 7

すっかり酔っていた。今日は三本だけにしておこうと思って買ってきた缶ビールは、あっさり飲みほしてしまった。

アルコールに対する飢えが消えない。

真冬の部屋。暖房をつけていないのに、体がほてっている。

なのに寒気がして、頭痛がしてくる。アルコールを摂取すると、この寒気や頭痛はおさまる。ずっと酔っていれば、二日酔いにはならない。

「買いに行くか」

竜太は、五十万が入った封筒をダウンジャケットのポケットに入れて、立ちあがろうとしたところで、ひざがくずれた。尻もちをついた。

「なんだよ、情けねえな」

壁に手をついて立ちあがり、台所の流しに行って蛇口をひねった。水道水を手ですくって飲んだ。胃がねじれるような感覚があって、そのまま嘔吐した。

自分が自分じゃない感覚だ。

透明人間になって、誰にも気づかれなくなってしまったような感覚である。認知症患者が、自分の名前も思い出せなくなる恐怖に似ているかもしれない。

酒が欲しい。酒を飲んでいないと、まともでいられない。

胃の中身を吐きだしたら、少しすっきりした。ふらふらした足取りで玄関に行き、靴を履いた。ドアを開けて外に出たところで、ちょうどそこに立っていた男とぶつかりそうになった。

相手も急にドアが開いて、驚いた顔をしている。知った顔だった。

弟の貴道《たかみち》だ。

少し背が高い弟。おのずと見下ろすような目線になる。貴道は、その目に軽蔑《けいべつ》の感情を隠そうともしない。セーターにジーンズ。上にコートを着ている。いずれも安物で、暗い色の無地の服しか着ない男だった。

一度も仲のよかったことのない兄弟である。同じ親から生まれたとは思えないほど、性質の異なる兄弟だ。

竜太は、子供のころから素行が悪かった。中学で不良グループに入り、高校で暴走族の仲間入りをし、卒業後は暴力団に就職した。勉強が嫌いだった。朝早く起きるのも苦手だった。人から指図されたら反発した。大人は自分を縛りつけようとする。だからそれに逆《さか》らうための暴力をみがいた。十代のころは、今よりも無鉄砲《むてっぽう》だった。殴るのも殴られるのも平気だった。

それにくらべて、弟はごく普通の生徒だった。勉強はそれなりにできた。先生の言うことはちゃんと聞く。自分はこうしたい、これはいやだ、という欲や願望がない。たとえば髪を染めたいとも思わないから、校則に従っていられる。意志が弱く、目立たないことを好む子供だった。

だが、竜太の弟ということで、いやおうなく目立ってしまう。

火の粉をかぶることもしばしばだった。竜太たちと争っていた他校の不良グループに捕まって、半殺しにされたこともある。自宅が不良のたまり場と化していたときは、家に帰りたくないあまり、公園で野宿したこともあった。

竜太もこの弟があまり好きではなく、助けてやろうともしなかった。

貴道は大学を出ている。だが、貴道が就職活動するときには、竜太はもうバリバリの暴力団員だった。指定暴力団で、警察のブラックリストに載っていた。信用調査の際には、必ずこの兄の名前が出てくる。

この兄のせいで、なかなか内定をもらえない。やっと就職できたのは、インスタントカレーを作る小さな会社だった。

貴道は、そこの社長の娘とやがて結婚する。子宝には恵まれなかったが、それなりに幸せに暮らしていた。だが、それもつかのま、その会社が倒産し、妻の実家には借金が残った。あらためて貴道は仕事を探したが、竜太のことがあるうえに、中年の再就職はやはり難しかった。

一念発起して、移動販売車での弁当屋を開業した。これはうまくいった。妻が調理師免許を持っていたため、彼女が作る安くてうまいカレー弁当は評判になった。しかしその矢先、彼女が病気になる。脊髄《せきずい》小脳変性症という病気で、竜太はよく知らないのだが、運動障害が出ているらしい。介護の必要もあって、弁当屋は続けられなくなった。今は警備員の仕事をしているが、給料は安い。

簡単にいえば、ずっと兄に足を引っぱられてきた人生だった。その積年の恨みが、貴道の顔にありありと出ている。

「貴道か……」

前に会ったのはいつだったか、すぐには思い出せない。

貴道はひどく老《ふ》けていた。いや、疲れきって、やつれている。たぶん貴道も、竜太に対して同じ印象を抱いているだろう。

「話がある」と貴道は言った。

「俺にはねえよ。おまえと話すことなんて」

竜太は、貴道の横を通り抜けようとしたが、いきなり胸ぐらをつかまれた。怒りのこもった、強い力だった。

「俺にはあるんだよ。俺だって、本当はあんたの顔なんか見たくもないんだ。仕方なく来てやったんだぞ」

殴られるかと思った。だが、殴られはせず、力ずくで玄関に引き戻された。

それにしても腕力が強い。

それで思い出した。貴道は中学のころ、竜太のせいでさんざん危険な目にあった。そのため高校では、護身用に空手部に入った。今でも続けているらしく、根がまじめなので有段者になっている。

「靴をぬげよ、はやく」玄関でもたついている竜太に、貴道が怒鳴った。

「せかすんじゃねえよ」

靴をぬぐと、胸ぐらを引っぱられて、部屋に引きずり込まれた。

貴道は、部屋に充満する酒の匂いと、飲み捨てられたビールの空き缶を見て、しかめ面をした。

「なんだよ、てめえ。いやな目で、兄をにらんだ。

「は?」

「なめてんじゃねえぞ、コノヤロウ。てめえなんざ――」

「いつまでやってんだよ、そんなこと」

貴道はあきれた表情を浮かべている。

「粋《いき》がっても無駄だよ。もう誰も、あんたを恐れてない。まあ、学生のころは怖かったけどな。でもそれだって、あんたにびびっていたわけじゃない。あんたのまわりにいた不良グループとか、暴走族が怖かっただけだ。結局、一人じゃ何もできないカスが、固まって粋がっていただけだろ」

「なんだと」

「虎《とら》の威《い》を借《か》るキツネってやつだ。今までは後ろに虎がいると思って恐れていたけど、今は化けの皮がはがれて、ただのキツネだってバレてる。コンコンと鳴くだけの、人を化かすしか能のない、牙《きば》のないキツネだ。中身のない、酔っ払いのおっさんが、すべての人間に愛想をつかされて、暴力団にもお払い箱にされて、まわりには誰もいなくなった。いい加減、やめたらどうだ、そんなハッタリ」

手の震えが止まらない。

酒が欲しい……。その衝動だけが、脳を支配している。

「てめえ、なんの用だよ」

「ああ、俺もこんなところに長くいたくないから、さっさと言うよ。去年の暮れ、夏妃さんから電話があった。それで俺が病院に行って話をした。まさかそんな状態になっていたとは、俺も驚いたけど。それで夏妃さんから頼まれた。自分が死んだあと、子供二人の面倒を見てやってくれないかって」

「バカ言うな。おまえなんかに預けられるか」

「バカはそっちだ。あんたこそ子供を育てられるわけないだろ。今までは夏妃さんがいたから、どうにかなっていただけだ。夏妃さんが死んで、あんたと子供二人だけの生活なんて、考えただけでぞっとする」

「夏妃は死なねえ！」竜太は叫んだ。

「……あんたがどう思っているかは知らないけど、夏妃さんはもう覚悟している。だから俺に連絡してきた。他に頼るあてもないんだろ」

「なにが頼るあてだ。おまえだって似たようなもんだろ。おまえの嫁はどうした？　死んだか、あの女」

貴道はきつくにらみつける。「生きてるよ。今も療養中だ」

「妻は病気で、妻の実家は借金まみれ。で、おまえは安月給の警備員だろ。それでどうやって子供二人の面倒を見るんだよ」

「警備員の仕事は今月までで辞める。来月から別の会社で働くことが決まってる」

「どこの会社だよ」

「あんたには関係ないし、教える気もない。でも、収入はかなりいいんだ。そのおかげで妻をもうちょっといい施設に入れてあげることができそうだし、子供二人を育てるだけの余裕もある。志郎と汐緒里を正式に養子にして――」

「おい、ちょっと待て、こら」

「待てってなんだよ。その件に関しては、夏妃さんも同意している。今まで子供の面倒なんてろくに見ていないくせに、待てなんて言う資格はないんだ」

「……待てよ」

「児童相談所にも間に入ってもらうつもりだ。でもたぶん、問題にはならないだろう。誰がどう見たって、そうしたほうがいいっていう結論になるに決まっているからだ。あんたにとってもいいことだろ。あとは一人で好きに生きればいいよ。養育費なんて求めないから、勝手に一人で生きていけ」

「……待てって言ってるだろ」

「あんたみたいな親は多いんだ。親らしいことなんてしてないくせに、いざ親権を取りあげられるとなると、急に抵抗しはじめる。義務は果たさないのに、権利だけは主張しようとする。まあ、あんたの場合、そんな理屈じゃなくて、まわりが自分の思うように動いてくれないことが気に入らないだけだろ。子供のころからそうだった。小学生のとき、急に野球をやりたいって言いだして野球チームに入ったことがあったよな。でも練習がきつくて、すぐにやめた。そのあとでグローブを捨てられたら、俺の物を勝手に捨てるなって大暴《おおあば》れした。練習なんてしなかったし、グローブも大切にしていなかったくせに、捨てられたら怒るんだ」

「…………」

「そのころから一ミリも成長していないんだな。じゃあ、話はそれだけだ。夏妃さんがあの状態だから、すぐにでも手続きに入るけど——」

「ふざけるな！」竜太はテーブルを叩いた。「夏妃がどう言ったかは知らねえが、俺は承知しねえぞ」

「あんたが承知しようがしまいが、もう関係ないんだよ」

「おまえら、裏でできあがってんだろ？」

「は？」

「さっき志郎の担任と、児童相談所のやつが、うちに来やがったよ。このタイミングだ。どうせ裏で、俺に断りもなく話をつけて、みんなでグルになって、俺だけ除け者《のけもの》にしようってんだろ」

「除け者？」

「おまえらの思い通りにさせてたまるか。バカにしやがって」

「へっ、バカにしやがって、とはな。ああ、そうだよ。みーんな、あんたのことをバカにしてるよ。当然だろ。なにが除け者だよ。誰も最初からあんたを家族とは思ってない。なあ、兄貴。いちおう兄貴って呼ばせてもらうよ。兄貴は、他人のためになにかしたことがあるか。他人に思いやりのない人間が、自分は誰からも思いやられないって嘆いたって、滑稽《こっけい》でしかないんだよ」

貴道は立ちあがった。

「俺は、あんたにはさんざん苦しめられてきたからな。あんたのせいで、俺の学生時代は暗黒そのものだったよ。就活のときも、ひどいものだった。でも、今はあんたもこうやって見事に落ちぶれてくれた。俺はうれしいよ」

うまく頭が回らなかった。

酒が欲しい……。酒が切れていて、うまく頭が働かない。

貴道の言葉が、きれぎれに聞こえてくる。

「あんたはただの駄々っ子だ。目立ちたい、威張りたい、それだけの子供だ。それで派手に悪さをして、注目を集めようとする。それしか能がないから。おもちゃ買ってって、足をバタバタさせるみたいに。相手が疲れはてるまでそれを続けて、わがままを通そうとする。あんたのその手にはうんざりなんだよ」

貴道の言葉がうまく頭に入ってこなかった。

自分が責められているのは分かるが、意味がよく分からない。

結局、こいつは何が言いたいんだ？　俺に死ねって言ってんのか？

気に入らねえ……、気に入らねえ……。

「うるせえ！」竜太は叫んだ。「黙れ、てめえの思うようにはさせねえ」

「じゃあな。これでもう用はない。どのみちあんたにはなんの権限もないし、本来、相談する必要さえないんだ」

　貴道は背を向けて、玄関に向かった。

「待てよ、貴道。……いや、いいよ。志郎はおまえにやるよ。そうだ、そうしよう。おまえのところは子供がいねえからな。志郎はおまえらの息子にすればいい。でもな、汐緒里は渡さねえ。あれは俺の娘だ」

「本性が出たな。やっぱりそれが本音なんだな。まあ、確かにそうだ。志郎はあんたの子供じゃないんだから」

「……なんで、おまえがそれを？」

「うすうす気づいてたよ。志郎は、どう見てもあんたに似てないからな。あんたの志郎に対する態度を見ていても、汐緒里とはぜんぜんちがうし」

　貴道は足を止めて、顔だけ振り向いた。

「まあ、そんなことはどうでもいいんだ。志郎も汐緒里も、父親はちがっていても、夏妃さんの子で、仲のいい兄妹であることに変わりはない。汐緒里だって、一人だけここに残りたいとは言わないだろうからな」

　貴道は、いやな匂いをかいだように顔をしかめたあと、十秒ほどまじまじと竜太の顔を見つめた。

「なあ、兄貴。あんたもいい加減、身の処し方を考えろよ。これからはもう……、夏妃さんはいないんだ。志郎と汐緒里のことはいいよ。俺がなんとかするから。でも、せめて自分のことくらいちゃんとやれ」

「……………」

「見ろよ、このきったねえ部屋。こんなところで、子供を育てられるか。この部屋の、腐りきった状態が、そのまんま、今のあんたを表してるんだよ。酒くさくて、散らかり放題で、なにひとつ整理されてない。あんたの人生そのものじゃないか」

「待てよ」

竜太の制止を無視して、貴道は部屋を出ていった。

# 8

入院病棟。エレベーターの扉が開いた瞬間、汐緒里が走りだした。

「汐緒里、廊下を走るな」

志郎が言うが、汐緒里はそのまま駆けていく。まっすぐ母の病室に向かった。

ドアを開け、汐緒里は病室に飛び込んだ。遅れて、沙羅と志郎が病室に入ると、汐緒里は母に抱きついているところだった。

志郎は、夏妃の様子を見て、ひとまず変わりがないことに安心した表情をする。

夏妃は、沙羅に目を向ける。

目が合うなり、この世の奇跡に遭遇したみたいに、あるいは宇宙人と出くわしたみたいに、目を丸くした。

沙羅が、日本の慣習にならってお辞儀すると、夏妃も頭を下げた。

汐緒里が言った。「沙羅ちゃんだよ」

まるで自慢の友だちを紹介するみたいに、得意げな顔で。

夏妃は、かなり病気が進行しているようだ。閻魔の直感で、もう助からないのは一目《いちもく》瞭然《りょうぜん》だった。それどころか、あと何日もつか。

はっきりと死の影が濃くなっている。

人間は、人間には感じとれないくらいわずかだが、死が近づくにつれて、影が濃くなっていく。日が暮れるのと同じだ。一瞬、夕日のごとく赤みがさして元気になるが、次第に影が広がっていって、やがて闇《やみ》に包まれた瞬間に死を迎える。

汐緒里が、母の耳に顔をよせて小声で言った。

「沙羅ちゃんはね、外国の王女様なんだよ。でも、誰にも言っちゃダメだよ。今はお忍びで、日本に旅行に来てるんだから」

「ひそひそ声で、何をしゃべってんだよ」と志郎が言う。

ひそひそ声なので、志郎には聞こえないけど、沙羅の聴覚なら聞こえる。

沙羅は自己紹介をした。

「沙羅といいます。さんずいに少ない、阿修羅《あしゅら》の羅」

夏妃は言った。「こんにちは。……でも、どういう関係？」

「実は志郎くんが万引きしているところを——」

「おい！」志郎があわてて叫んだ。

「というのは嘘で、私が道に迷って困っていたところを、二人に助けられたんです。それで友だちに」

「そうそう」志郎は大げさにうなずいて、ごまかしている。

「そうですか」と夏妃は言った。「私は宮沢夏妃といいます。うちの子たちがお世話になっています」

夏妃はやつれた顔に、優しげな微笑をたたえて、もう一度お辞儀をした。

志郎と汐緒里は、しばらく母の世話を焼いていたが、落ち着くと、母の大きいベッドに横になって眠ってしまった。

汐緒里は、母の隣に寝そべり、母の腕につかまりながら寝ている。志郎は、母のひざのところに丸くなって寝息を立てている。

二人にとっては戦いの毎日だ。特に志郎は、母の死が近いのを察している。母が死んだあと、誰にも頼らずに兄妹だけでも生きていけるように、無謀ながら自分のアジトを作ろうとしている。たとえ物を盗んででも。

志郎はずっと働きっぱなしだった。あの空き家でも焚き火を作り、焼きイモを作り、布団を干し、薪を割り、一人で忙《せわ》しなく動いていた。

疲れているのだ。

今は母の存在と、この部屋の暖かさに安心して、ぐっすり眠っている。

沙羅はスツールに腰かけて、ミカンを食べている。ミカンの皮をむき、半分に割り、大口を開けてほおばる。もぐもぐ嚙《か》んで、飲み込んだら、もう半分を口に放り込む。全部食べるのに十秒もかからない。

夏妃は、横に眠る汐緒里の頭をなでながら、ミカンをもう三つも食べている沙羅の様子を見て、微笑《ほほえ》んだ。

夏妃が言う。「情けない話だけど、父親がどうしようもない人間だからね」

「らしいですね。汐緒里ちゃんから聞きました」

「見ての通り、私はもう長くない。幸い、痛みはないけど、体にどんどん力が入らなくなって、もう手を握ることもできないの」

夏妃は手をグーパーさせるが、ぎこちなくしかできない。

「この子たちはどうなるんですか？」

「父親はダメだけど、弟の貴道さんはしっかりした人でね。結婚してるけど、子供はいないので、二人をお願いすることになってる」

「預ける場所は決まっているんですね」

「うん、ただ奥さんがずっと病気でね。実家にも借金があって、そのうえ二人の面倒をまかせるのは心苦しいんだけど、他に頼るあてもないから」

「じゃあ、ひとまず安心ですね」

「そうね……」とつぶやいて、夏妃は口を閉ざした。

汐緒里が寝返りをうつ。その足が志郎の顔面を蹴って、志郎が目をさましかけるが、ふたたび熟睡した。

「沙羅ちゃん、お水くれる?」

「はい」

沙羅はテーブルのうえの水差しを取って、プラスチックのコップに注いだ。夏妃はそれをゆっくり飲みほした。

「でも、仲のいい兄妹ですね」

「うん、喧嘩もするけど、いつも一緒にいる。親バカだけど、トビが鷹《たか》を生むっていうのかな。いい子に育ってくれた。ただ、志郎はまっすぐすぎて、ときどき冷や冷やさせられる。突飛なことを思いついて、見切り発車で行動するから、何をしでかすか分からない。逆に汐緒里は考えすぎて、悪いほうばかりに想像を働かせて、行動力がないかな。いい意味で、志郎のブレーキになってくれてるけど」

旅行に出かけるまえにしっかり計画を立てるが、逆に計画を立てられない旅行は怖いから行かないのが汐緒里。計画を立てずに旅行に出かけるが、仮にうまくいかなくても、旅先で野宿でもヒッチハイクでもやって、行き当たりばったりでもエネルギッシュに乗りきってしまうのが志郎。

志郎の家出計画は無謀である。母が死んだあと、あんな父とは暮らせないという感情だけに突き動かされて行動している。汐緒里はその破綻《はたん》する未来図を想像できるので、最初から乗り気じゃない。

「沙羅ちゃんって芸能人?」と夏妃は唐突に言った。

「えっ」

「ごめんなさいね。私、あまりテレビを見ないから知らないのだけど」

「ちがいます。芸能人ではないです」

「そう」夏妃は不思議そうな顔をする。「じゃあ、本当に外国の王女様?」

「うーん、当たらずとも遠からずです」

「ええと、じゃあ、皇室関係の人とか?」

「というか、実は人間じゃないんです」

そう言うと、夏妃は冗談だと解釈したのか、少し笑った。

「おもしろい子ね、沙羅ちゃんって。でも、こんなにきれいな女の子、初めて見た。本当にミュージカルの世界から飛びだしてきたヒロインに見えるもの」

「どうも」沙羅は照れ笑いをする。

「さっき沙羅ちゃんが病室に入ってきたとき、この世のものとは思えなくて、天使かと思った。ついにお迎えが来たのかと思って、思わず沙羅ちゃんの背中を確認したわよ。羽がついてないかって」

夏妃は今、死にかけていて、いわば霊体に近づいている。なんとなくでも沙羅が人間でないことが感じられるのかもしれない。

「沙羅ちゃん。恥ずかしいから、志郎や汐緒里には内緒にしておいてね」

「はい」

「実はね、私も芸能界にいたことがあるのよ。一度だけドラマに出たこともある。喫茶店のお客さんの役でね。ドジな店員役の主人公が、運んできたコーヒーをテーブルにこぼして、『なにしてんのよ』って怒鳴る役。それだけのセリフなのに、五回もＮＧを出しちゃって、二度と呼ばれなかった」

夏妃は、生気を取り戻したかのように笑った。

「これでも昔は美人って言われてたのよ。私も調子に乗って、いずれ芸能界で売れてやるんだから、勉強なんかしなくていいって本気で思ってた。それで東京に出てきて、芸能事務所に入った。同期は六人いた。みんなオーディションを通った子たちだから、きれいな子ばかりだった。でも、誰も売れなかった。

田舎《いなか》では美人でも、東京ではイモ娘。短期間だけテレビに出た子もいたけど、結局、実力がなくて、すぐに消えていった。それで次のオーディションがあって、新しい子が入ってくる。その子たちのほうが鮮度があるから、優先的に使われる。飽きられたら、また新しい子が入って、そのくりかえし。三年から五年で全部入れかわる感じだったかな。負け組は、田舎に帰るか、水商売に行くか。私が事務所にいたときの子で、今でも生き残っているのは一人だけ。有原円架《ありはらまどか》って知ってる?」

「あ、知ってます」

沙羅は、地上のテレビや映画をよく見る。有原円架は、三十代の個性派女優で、医者から刑事からサイコパスからゾンビまで、そして特殊メイクでのおばあさん役まで、なんでもこなすと高く評価されている。

「私の二期下の後輩なのよ。まさかあの子が売れるとは思わなかったね。顔もけっして美人じゃないし、『どこで買ったの?』っていう変な服を着てたし。お金がないから化粧もしないで、いつも安いパスタばかり食べてた。みんな、あの子のこと、バカにしてた。でも本人は意に介さなかったね。そんな陰口《かげぐち》を叩いている私たちのことなんか眼中になかったんだと思う。それに自分はスターになれるって、いや、もうすでにスターなんだっていう思い込みがハンパなくて、すごい自信家だった。

行動力もすごかった。本場の芸術を見てくるって言って、片道の飛行機代しか持ってないのに、ニューヨークに行ったり。大物監督の舞台の稽古《けいこ》に乗り込んで、私の演技を見てくださいって直談判《じかだんぱん》したり。

恥ずかしくないのかって私たちはバカにしてたけど、たぶん彼女は恥ずかしくないんじゃなくて、むしろその恥ずかしさを克服するための修行をしていたんだと思う。不安がないんじゃなくて、不安に負けない勇気を鍛《きた》えるためのトレーニングだったんだと思う。片道の飛行機代だけ持ってニューヨークに行くっていうのも、そのための冒険で、それでどうなるか、自分の運を試してやるって」

「それでどうやって帰ってきたんですか？」

「ニューヨークの街角で『十ドルくれたらキスしてあげる』って看板を持って、キスしまくってお金を集めたんですって」

「すごいですね」

「うん。何度オーディションに落ちても、どれだけ恥をかいても、彼女はそのやけくそな努力をやめなかった。次第に私たちも気づくようになった。彼女がどんどん輝いていくのよ。表情がキラキラして、存在が大きく見えるようになった。いろんな監督の目にとまるようになって、映画やドラマに出て、一気に道が開けていった。いや、開けていったんじゃない。こじ開けたんだ。

　私たち凡人はさ、ろくに努力しないで、うまくいかないと運のせいにして、占い師のところに行ったり風水に凝《こ》ったりするけど、有原さんはちがってた。運が来るのを待つのではなく、運を試しに行ってた。彼女、よく言ってたもの。『一生貧乏でいいから、女優になりたい。自分の好きなことを仕事にできるなら、それ以外、何もいらない』って。そういう意味じゃ、無欲だったかな。いや、欲はあっても出さなかった。欲より、意志とか信念のほうが強かった。

彼女がそうやって体を張って試行錯誤しているときに、私たちは右往左往していただけだった。仕事がなくて、合コンばかりしてさ。当時は運がないって嘆いていたけど、運じゃないよね。有原さんは運がよかったから成功したわけじゃない。体当たりで、前向きに行動して、自分の運を試していた。それでチャンスをものにしたんだ。結局、文句も言わずに努力してチャレンジする人間と、努力もチャレンジもせずに文句ばかり言っている人間と、二つに分かれるってことかな」

沙羅は言った。「人生を決めるのは、運ではなく、覚悟です」

「ん?」

「一度きりの人生で、自分は何をしたいのかをまず決める。それを成し遂げるために、どれだけの代償を払わなければならないのかを見きわめ、躊躇《ちゅうちょ》なく、妥協なく払う覚悟をする。その覚悟が運命を決めるので」

「えっと……」

「機会は誰にも平等にあります。ただ人間は、代償を払わずに何かを得ようとする不届き者が多いんです。口ほどには努力せず、成果だけ得たいという者が多い。代金を払わずに商品をもらおうとする盗人《ぬすっと》と同じ。

人生はすごろくみたいなものです。サイコロを振る機会は、誰にも平等に与えられています。ただし、サイコロを振ってどの数字が出るかは選べないし、たまたま止まったマス目でいいことがあるか、悪いことがあるかは選べない。自分で選べないことは考えたって仕方ないのに、人間はそのことに文句ばかり言うんです。止まったマス目で、三マス進めになるか、三回休みになるか、あるいは何もないか。その損得は長い人生で見れば、気にしなくていいほどの微差《びさ》です。大事なのは、サイコロを振り続けること。サボらずに努力して、前進することです。

人生の最初のほうで『6』が続いて、止まったマス目にもラッキーなことがあって、すいすい進んでいく人生もあります。逆に『1』しか出ず、振りだしに戻ってばかりで、努力のわりになかなか結果の出ない人生もあります。しかしおしなべて、サイコロを振る回数が増えるほど、大数《たいすう》の法則によって確率的にはほぼ同じになる。『6』が出続ける人生はないし、『1』しか出ない人生もありません。『6』が出ても浮かれず、それを自分の実力と思わず、努力を続けることが大事だし、『1』しか出なくてもあきらめず、自信を失わず、努力を続けることが大事なんです。

努力も、払うべき代償の一つです。そして努力は基本的に苦痛をともないます。苦しくなければ代償になりませんから。

人間は、自分が選べないことに不満を言うばかりで、逆に自分が選べることは真剣に選んでいないんです。サイコロの目も、止まったマス目で何が起きるかも、人間は自分で選ぶ権利なんてないのに、そのことばかり文句を言って、逆に自分で選べること、たとえば夜、寝るまえの一時間で何をするか。無意味にスマホをいじっているか、もっと意味のあることに時間を投資するか。そういう自分の意志で選べることはちゃんと選んでいない。苦しいことは避けて、楽なほうに流されるという選択しかしていない。そんなやつにかぎって、自分はチャンスに恵まれないとか、上司が正当に評価してくれないとか、文句ばっかり言う」

夏妃は驚いた顔で、沙羅を見つめている。

「えっ、あ、いや、なんかすごいわね。沙羅ちゃんって何歳なの？　人生を一周も二周も回っていないと、出てこないセリフだけど」

「いろんな人生を見てきたので。……いえ、こっちの話です」

「人生はすごろくと同じか。人間は自分で選べないことに不満を言うばかりで、自分で選べることはちゃんとやってない。確かにそうね。今なら、沙羅ちゃんの言うことも分かるなあ。今さら分かっても遅いんだけど」

夏妃はくすくす笑った。

「本音をいえば、もうちょっと長生きしたかったなあ。でも、自業自得か。若いころはタバコを吸ったり、だらしないことをたくさんしてきたから」

沙羅は言った。

「人生に長い短いはないです。濃さは同じだから。カルピスにたとえると、原液の量はみんな同じなんです。それを薄めて長く飲むか、濃くして短く飲むか、それだけの差しかありません。原液を使いはたしたら、人生は終わりで、死に方はどうあれ、死を迎えます。長命も短命も、基本的には同じなんです。時間の感じ方って、実はかなり個人差がありますしね。十年の人生も、百年の人生も、当人が感じている時間の長さは同じだという説もあります。まだ実証されていませんけど。

ちなみに、人生の苦しみの総量も同じです。たとえばホームレスとサラリーマンと芸人の人生があったとします。ホームレスはお金がないので、衣食住は不足しています。食べ物はない、冬は寒い、まわりから見下されるという意味ではつらいけど、逆に時間には縛られないし、仕事のプレッシャーもない。完全に自由です。逆にサラリーマンは、雇用と福利厚生に守られて、衣食住の心配はあまりないけど、そのかわり会社の歯車なので、人生の自由度はありません。会社にやれと言われたことをやるのが仕事です。ノルマはきつく、コンプライアンスもきつい。人生が終わるとき、『私の人生、なんだったの?』ということになりかねない。

芸人は、自分の好きなことをやって生きているので自由で楽しいし、自分の名前で自分にしかできないことをやっているという意味で、自尊心を保ちやすい。そのかわりすべてが自己責任で、結果のみで価値を決められます。つねに結果を出していないと、次の仕事がもらえない。明日の保障はなく、自分の才能と向き合い続けるしかないという点では孤独でもあります。

それぞれ苦しみの質は異なりますが、量は同じなんです。どんな人生を選んでも、なにがしかは苦しい。人生は要約すると、お金、愛、自由の三つで成り立っています。三つそろう人生はない。頑張っても二つまで。どんな人生も何かは欠けていて、その欠落から生じる苦しみの量は同じです。ですから、自分にとって耐えやすい苦しみをチョイスしたほうがいいんです。

楽をするのはつねに簡単です。暑かったらクーラーをつけて、お酒飲んで、好きなものを食べて、運動はせず、ゲームばかりやっていれば、それは楽だけど、年を取ったときに太って、若いころに脳を鍛えていないから、老化によってますます脳の抑制力が弱くなって、我慢が利かなくなる。筋肉や神経も老化するので、運動がおっくうになる。それで病気にでもなれば、これまで楽をしてきたぶんだけ、多大な苦しみを味わわされることになる。そのときに文句を言っても、まわりにはそれを聞いてくれる人もいない。これを因果《いんが》応報《おうほう》、獣《しし》食った報《むく》いといいます。

逆に若いころに節制して、脳と体を鍛えてきた人は、食べたいものを我慢したり、規則的に運動したり、難しい本を読んだりするのは大変だけど、年を取ったときに老化を緩和できるし、生活習慣病を避けられる。結局、苦しみを先送りするか、先食いするかの相違であって、苦しみの総量は同じなんです。だから若くて体力があって脳がやわらかいうちに、自分で選べる苦しみを選び取っておいたほうがいい。苦しみの先食いをしておけば、あとで楽になる。苦しみの先送りをして、年を取ったときに、自分では選べない、かつ逃れようもない苦しみをこうむるよりは」

沙羅は言い終えて、あくびをした。

「す、すごい」と夏妃は感嘆した。「沙羅ちゃんはすごいね。人生の答えを知っている人なのね。しかもその年で」

「私たちの一族には、一万年の歴史と、それだけのデータ量があるので」

「ん？　一族？」

「いえ、こっちの話です」

「だいぶ日が傾いてきたわね」夏妃は、窓の外を見て言った。

西日が射《さ》している。外は強い寒風が吹いていて、枯れ葉が飛びちっている。太陽がビルに隠れて、暗がりが増していく。

「なんか、楽しかった。こんなに長く誰かとおしゃべりしたの、久しぶり」

志郎と汐緒里が眠ってから二時間ほど。その長いお昼寝のあいだ、夏妃とずっとおしゃべりしていた。

夏妃は自分の半生を語った。幼少期、学生期、短いあいだの芸能生活、その後の水商売時代。そして結婚、出産、育児。

「ごめんね、沙羅ちゃん。つまらない話を長々と聞かせちゃって」

「いえ、つまらなくはなかったです」

「でも、死ぬまえに誰かに話しておきたくなってね。不思議ね、沙羅ちゃんって。年もだいぶ離れているのに、そんな気もしないし」

夏妃は、一時的に生気が戻ったかのように、頬《ほお》に赤みがさしていた。

「沙羅ちゃんと話してたら、死ぬのが怖くなくなってきた」

「死は終わりではありません。肉体は滅んでも、魂は紡がれていきます。死とは、この世からあの世へのお引っ越しにすぎません。するべきことをし終えた人生なら、怖がる必要はありません」

「死後の世界ってあるの？」

「あります」

「そうなんだ。沙羅ちゃんが言うんだから、きっとそうなんだろうね。私は天国に行ければいいけど」

「…………」

「ま、それなりにいい人生だったかな。二人も子供を産んだし。志郎はどんな仕事に就くんだろ。汐緒里はどんな人と結婚するんだろ。それを見られないのが残念だけど」

夏妃は微笑んだ。それから眠っている二人の肩をゆすった。

「ほら、志郎、汐緒里。もう起きて」

二人は寝ぼけまなこで起きるが、まだ目はちゃんと開かない。

「沙羅ちゃん、お願いがあるんだけど」

「なんですか?」

「沙羅ちゃんのおうちって、この近くにあるの?」

「本当の住所はもっと遠くにありますけど、この近くに別荘があります。チョウチョウ山ってご存じですか?」

「ええ、元町長の実家があった山でしょ」

「そこにあります」

「へえ、あの山にそんな別荘なんてあったかしら。あの、沙羅ちゃん、あつかましくてごめんなさいね。それじゃあ今夜一晩だけ、志郎と汐緒里を、沙羅ちゃんの家で預かってもらえないかしら」

「……ええ、かまいませんけど」

## 9

アパートの前を通ったトラックの振動で、目がさめた。

「ああ、眠っちまったか」

いつのまにか眠っていた。だが、眠るまえのことが思い出せない。

トイレに行き、小便をした。それで思い出した。そう、貴道が来た。そのあと腹が立つやら疲れるやらで、横になっているうちに眠ってしまった。

よく分からない一日である。もう夕方だ。

クゥーと腹の虫が鳴った。朝、おにぎりを食べたのが唯一の食事である。それも嘔吐したから、何も食べていないに等しい。

「なんか、食うもんねえかな」

冷蔵庫を開けるが、ろくなものは入っていない。なにか、これと同じことを午前中にもしたような気がした。

ラーメンでも食いに行くか、と思うが、体が動かなかった。やる気がしない。窓の外を見ると、日が暮れかけている。

沈んでいく夕日を見ていたら、もの悲しい気持ちになってきた。

ここで一句。

「夕焼けが、灰色の街を、赤く染め。字余りなり」

子供のころ、俳句はわりと得意で、そこだけほめられたのを覚えている。

「夕日見て、団子食べたくなる竜太。なんてね、へへっ」

おかしくなって笑った。

しばらく俳句を考えていて、ふと気づく。すっかり酔いがさめている。それだけではない。酒を飲みたい気持ちがわいてこない。

アルコール依存症なのは、自分でも分かっている。酒が切れているときは、酒を飲みたいとしか考えられない。酒を飲んでいるときは、夢を見ているような気分で、あとになると何も思い出せない。なぜか、今はそれがない。酒が抜けていてシラフだから、腹も減るし、俳句なんぞを考える余裕もある。

外を吹きすさぶ突風の音が聞こえてくる。

もう日が暮れかかっているのに、志郎と汐緒里はまだ帰ってこない。柄《がら》にもなく、心配になってくる。

「あいつら、いつもこんな時間まで外で遊んでんのか?」

いや、病院かもしれない。面会時間は午後八時まで。とはいえ、夏妃は個室だから他の患者の迷惑にはならないし、病院も子供には甘いので、そのまま病室に泊まることもあるようなのだ。

ふいに志郎の顔が浮かんで、不快な気持ちになる。

志郎は、竜太を敵視している。低くにらむような目つき。そんな目をされたら、こっちだって嫌いになってくる。

竜太にあいう目をするようになったのは、いつからだろう。竜太が働かなくなり、酒びたりになってからか。いや、憎らしく思うようになったのは、竜太のほうが先だったかもしれない。志郎が成長して、あいつの顔に似てきたから。

赤ん坊のころは、人並みにかわいかった。父親らしいことをした覚えはないけど、一緒に遊んだこともあった。

起きるのが面倒で、明かりもつけぬまま、寝っ転がった。

でも、もう眠くはない。

考えるのは夏妃のこと。夏妃はもう助からないのか。

夏妃がいなくなったら、俺は正常でいられるだろうか。自分が自分でいられなくなったとき、どうなってしまうだろう。

そう思ったら、また酒を飲みたくなってきた。

そのとき、声がした。

「鍵が開いてる」

玄関の外から、子供の声が聞こえた。志郎だった。小声で話したつもりのようだが、地声が大きいので、室内にも響いてきた。

ゆっくりドアが開かれた。

志郎が顔を出し、音を立てないように玄関に入ってくる。そこで立ち止まり、部屋の様子をうかがっている。

「酔っ払って寝てるぞ。汐緒里、はやく宿題を取ってこい」

「う、うん」と汐緒里。

「静かにな。起こすなよ」

明かりもつけず、横になっている竜太を見て、酔って寝ていると思ったのだろう。竜太は薄目を開いたまま、寝たふりをした。

志郎は玄関に立ったまま、開いたドアを押さえている。汐緒里だけ靴をぬいで、部屋に入ってきた。忍び足で、子供部屋に入った。がたがた音がする。ふたたび部屋から出てきて、襖を閉じた。

そこで汐緒里が立ち止まり、寝そべっている竜太を見下ろしていた。

「汐緒里、なにやってんだよ。はやくしろよ」志郎がせかす。

汐緒里がこたつのテーブルのうえに、そっと何かを置いた。それから、そそくさと兄のいる玄関に向かった。

竜太は体を起こした。

「おい、おまえら、どこに行く気だ？」

汐緒里はびくっとして立ち止まり、振り向いた。暗がりのなか、二人の子供の目が竜太に向いている。

「汐緒里、明かりをつけてくれ」

竜太が言うと、汐緒里は壁のスイッチを押して、明かりをつけた。一瞬、光がまぶしくて、頭がくらっとした。

玄関にいる志郎が、きつい目でにらみつけてくる。

その顔に、憎しみがあふれている。子供らしくない表情で、父に対して隙《すき》を見せないように肩をいからせている。

竜太は言った。「おまえら、どこに行くんだ？　こんな遅くに」

「おまえには関係ない」と志郎は答えた。

「おまえ？　……てめえ、誰に向かって言ってんだ。父親に向かって言う言葉か？」

「おまえなんて父親じゃない」

迷いのない表情で、志郎は言った。

ふと気づく。こうやって向かい合って話すのは久しぶりだが、いつのまにか志郎の背が伸びていて、顔も男っぽくなっていた。

「行くぞ、汐緒里」志郎が玄関から出ていこうとする。

「う、うん」ためらいつつも、汐緒里も兄のあとをついていく。

「お、おい、待てって。汐緒里」

竜太が強い口調で言うと、汐緒里は足を止めて、肩をすくめた。おそるおそる竜太の顔を見た。その表情がひきつっている。

汐緒里の目元は、夏妃によく似ている。汐緒里の父を見る目は、志郎のような憎々しさはないけれど、同時に親愛の情もない。兄の敵は自分にとっても敵、というくらいの間接的な敵対心は感じる。

「どこに行くのかって聞いてんだよ。もう日も暮れるのに」

汐緒里がまごついていると、志郎が言った。

「行こう、汐緒里。そんなやつにかまうな」

「おい！」

志郎が竜太をにらみつける。「おまえには関係ない。父親でもないから、説明する必要もない。一人で酒を飲んで、永遠に酔っ払ってろ」

「なんだと、コノヤロウ」

「行こう、汐緒里」

志郎は玄関から出ていく。汐緒里はとまどっていたが、後ろ髪ひかれるように竜太の顔を見ながらも、足は兄のあとを追った。

「お、おい、待てって。あ、そうだ。汐緒里、ステーキでも食いに行くか。それとも寿司《すし》がいいか。なんでも好きなものをごちそうしてやるよ。なに、心配はいらねえ。金はあるんだ。ほら、見ろ」

封筒を手に取って、五十万の札束《さつたば》を見せた。

「な、大金持ちだろ。欲しいものがあるなら言え。洋服か、ゲームか。それとも犬でも飼うか。全部買ってやるぞ。お父ちゃんな、今日からまじめに働くことにしたんだ。そしたら見ろ、もうこんな大金だ」

「なんの仕事?」汐緒里は冷静に言った。

「ええと、ほら、あれだ。最近、あるだろ。仮想通貨ってやつ。あれをやってんだよ。あれだってちゃんとした仕事だぞ」

志郎が言う。「どうせ競馬でたまたま当たっただけだろ。行こう、汐緒里」

「うん」汐緒里は兄についていく。

「おいおい、待てっていうんだ。いや、まあいい。そうだ、志郎、おまえは出ていっていいぞ。ふん、このあいだまで寝小便たれてた小僧が、親に口答えするような身分になりやがって。いいよ、おまえは一人で出ていって、二度と帰ってくるな。そう、それが一番いい。そもそもおまえはこの家の子じゃねえんだ」

「…………」

「おまえが赤ん坊のころな、橋の下に捨てられてたんだよ。あのあたりは娼婦《しょうふ》がわんさかいるところで、たぶん客の子をはらんじまった女が、子は産んだが育てようもなくて、捨てたんだろうな。それを夏妃が拾ってきたんだ。俺はよせって言ったんだよ。こんなきたねえ捨て犬を拾うなんて、冗談じゃねえって。でも、夏妃は優しいからな。このままじゃ死んじまうからって、拾ってやったんだ。ああ、汐緒里。おまえは心配するな。汐緒里はちゃんと俺と夏妃の子供だからな。

それなのに、まったくよ、育ててもらった恩も忘れて、お父様に向かっておまえ呼ばわりとはね。まあ、いいや。そういうわけだからよ、志郎、この俺が気に入らねえなら、おまえは出ていってくれてかまわねえよ。おまえを拾った橋ってのはよ、江戸川《えどがわ》をずっと下っていった先だよ。本当の母ちゃんはまだそこらに住んでいるかもしれねえよ。探してみな。この自分に似た女、知りませんかって」

志郎が拳《こぶし》を握りしめ、歯を食いしばってにらみつけてくる。

竜太は怒鳴りつけた。

「なんだ、そのツラは？　ガキが調子に乗んなよ。おまえは学校で何を教わってんだよ。今は道徳を教えねえのか。父の恩は山より高く、母の恩は海より深しっていうんだよ。育ててくださったお父様、お母様に感謝して孝行しろって、学校で教わらなかったのか。まったくよ、おまえの担任、なんて言ったか。ああ、大森だ。あの薄毛だよ。顔色の悪い、よぼよぼしたチビだ。あいつ、さっきここに来やがったよ。へっ、俺がひとこと恫喝《どうかつ》してやったら、びびっておどけてやがった。

あいつ、ちょっと痛めつけて、靴を舐めろって命令したら、犬みてえにぺろぺろ舐めるよ。あんなのが学校の教師をやってんだからな。そりゃあ学級崩壊になるよ。ガキが悪さしたって、ビンタ一つできねえ。そんなだから、お父様に向かって、おまえなんて口を利きやがるガキが出てくる。わいせつ教師も多いっていうしな。あの大森も、その口だろ。汐緒里もおちおち学校に通わせらんねえよ」

志郎が言った。「クズが、大森先生の悪口を言うな」

「へっ、今度はクズ呼ばわりか。俺はクズで、大森は先生だってよ。いいねえ、笑わせるねえ。いや、泣かせるねえ。なんだ、おまえも大森と同じ口か。二人でなかよく女子更衣室でものぞいてんだろ。女の子のブルマ盗んで、教師と生徒が授業中にそろってポコチンおっ立ててよ――」

志郎の眉《まゆ》が、ぴくんと跳ねたのが分かった。土足のまま部屋に上がり、突進してくる。予想していたので、竜太はすばやく立ちあがった。

志郎は闘牛のごとく、正面からタックルに来た。そのタックルを受けとめて、投げ飛ばしてやろうと瞬間的にイメージした。軽くいなして、志郎のプライドをへし折ってやろうと思った。

喧嘩慣れしているので、体は自然に反応した。

だが、志郎のタックルを腹に食らった瞬間、体が少し浮いた。想像以上に強い。相撲《すもう》の押し出しのように突き飛ばされて、背中から床に落ちた。そのまま志郎がのしかかってくる。右拳が飛んでくる。

竜太は目を閉じた。左の頬骨《ほおぼね》に激痛が走った。

志郎が何かを叫んでいる。その声に強い怒りを感じたが、何を言っているのかは聞きとれなかった。

志郎は、左手で竜太の首をつかんで押さえつけたまま、右拳を何度も打ちつけてくる。はね飛ばそうとしても、志郎の体重が予想以上に重い。首を押さえつけられているので、体をねじることもできない。両手で顔面をガードするが、志郎はかまわず拳を打ちつけてくる。志郎の拳は硬かった。

十発は殴られた。殺される、と思った。

「お兄ちゃん、もうやめて」

汐緒里の大声が聞こえて、拳が止《や》んだ。

目を開けると、汐緒里が志郎の右腕を必死につかんでいる。志郎は、鬼のような形相をしていて、目が血走っていた。

志郎は竜太から手を離して、立ちあがった。竜太を見下ろした。

汐緒里は目に涙をためている。竜太に対して憐《あわ》れむような目をしている。かわいそうな人を見る目だ。その目が夏妃にそっくりだった。

「行こう、汐緒里」と志郎が言う。

「うん」

汐緒里は、一刻もはやく部屋から出たそうに、志郎の右手首をつかんだまま、引っぱるように玄関に向かっていく。

汐緒里が先に出て、志郎があとに出た。ドアが閉じられた。

しばらく動けなかった。

パンチが効いていた。頭がくらくらし、口の中で血の味がする。

やっと起きあがり、鏡を見て確認した。口からも鼻からも血が出ていた。台所で口をすすぎ、血を洗い流した。刺すような痛みがあった。

「くそ、あのガキ。容赦なく殴りやがって」

腹が立つより、小学生に負けたことが信じられなかった。汐緒里の前でこてんぱんにやられて、恥ずかしくもあった。

「マジで殺されるかと思った」

完全に力負けだった。自分の体がこんなにも弱っていたことに驚いた。志郎に押さえつけられたら、まったく身動きできなかった。

「いてえ」

あぐらをかいて座った。幸い、歯は無事だし、骨折もしていない。

鼻を触ったら、手に血がついた。鼻血が止まらない。ティッシュを取って、丸めて鼻の穴につめたところで気がついた。

テーブルに封筒が置いてある。

それで思い出した。さっき汐緒里が置いていったものだ。

「なんだこれ？」

封筒を開け、便箋《びんせん》を取りだして開いた。

文字が書いてある。ひと目で、夏妃の文字だと分かった。

「志郎と汐緒里は、今晩は汐緒里の友だちの家に預かってもらっています。今日の深夜0時に、車で病院にこっそり迎えに来てください。連れていってほしいところがあるから。飲酒運転になるので、くれぐれもお酒は飲まないで」

# 10

アパートをあとにして、三人で歩いた。

志郎は一人、先を歩いている。難しい顔で、口を真一文字に閉じ、足を踏みならして進んでいく。そのあとを沙羅と汐緒里がついていく。

冷たい冬の空気。吐く息は白く、犬の遠吠《とおぼ》えがよく響いている。

いったんアパートに帰ったのは、夏妃が手紙を書いて、父に渡すように汐緒里に頼んだからだ。志郎が病院のトイレに行っているときに。汐緒里は宿題を忘れたと兄に嘘をついて、アパートに帰った。

夏妃がその手紙に何を書いたのかまでは沙羅は知らない。

沙羅はアパートの下にいた。だが、耳はいいので、二階のその部屋の会話はすべて聞いていた。

強く感じたのは、志郎の憎悪。殺気といってもいい。

志郎は、本気で殺すつもりで殴っていた。汐緒里が止めに入らなければ、あのまま殴り殺していたかもしれない。

一方、竜太のほうは……、よく分からない。

沙羅には、時として分かりづらい人間的感情である。

人間は、二つの相反する感情を同時に持つことがある。愛憎という言葉があるように、愛しているのに憎んでいるというようなアンビバレントな感情の持ち方をする。愛が憎みに転じるのではない。一枚のコインのように両者が表裏にべったり貼《は》りついて、一方が増幅すると、他方も増幅するという性質を持つ。

人間特有のもので、他の動物には見られない。なぜ人間が相反する感情を同時に持つのかは、よく分かっていない。右脳と左脳、二つの脳を持っているからという学説はあるが、仮説の域を出ない。

竜太も、志郎に対していらだってはいた。志郎の反抗的な態度を見ていると、むかむかしてくるという子供じみた感情であり、だから嫌みの一つも言いたくなり、ああいう物言いになる。要するに、ガキなのだ。

ただ、それだけでもなく……。その奥にある感情は、沙羅にもよく分からない。

日はすでに暮れている。

志郎はチョウチョウ山に向かって歩いている。まだ怒って興奮しているので、歩くのが速い。手をつないで歩いている沙羅と汐緒里の先を、どんどん進んでいく。汐緒里は疲れていて、足が前に出てこない。

チョウチョウ山の手前まで来て、気づいた。

殺気。

沙羅は足を止める。周囲を警戒する。

敵は、まだ遠くにいる。だが、何らかの方法で、こっちを監視している。

その監視する視線に、粘《ねば》っこい殺気がある。

やはり憎悪はない。目的を遂行しようとするプロフェッショナルな殺意があるだけで、衝動的なものではない。

どこから見ている？

分からない。視線の、漠然とした方向が分かるだけ。

沙羅は気づいていないフリを続けた。来るなら戦うが、その場合でも二人の子供の命を守ることに徹する。敵を殺さないように気をつけなければならない。沙羅に人間を助ける義務も義理もないけれど、多少なりとも関《かか》わった二人の子供が目の前で殺されれば、閻魔とはいえ、さすがに寝ざめが悪くなる。

ただ、もしそいつらを殺さなければ、子供を守れないという状況になったときにはどうするか。

さすがに沙羅でも、ちと迷う。

気づくと、志郎がだいぶ先を歩いて、離れてしまっていた。

沙羅は言った。「志郎、あまり離れないで。汐緒里ちゃんに合わせて」

志郎は立ち止まり、振り向く。「ああ、汐緒里、疲れたか?」

「ううん、べつに」汐緒里は首を横に振る。

「おんぶしてやろうか?」

「いい」汐緒里はもう一度、首を横に振る。

志郎は前を向いて、とぼとぼ歩いていく。父との一件以来、気がふさぐのか、いつもの元気がない。

志郎は懐中電灯の明かりをつけた。チョウチョウ山に入っていく。沙羅と汐緒里も、あとをついていく。殺気も追ってくる。

町にいたときは、殺気を感じなかった。いや、ずっと監視されていたのかもしれない。ただ、町中では、いろんな音や気配があって、まぎれてしまう。ある程度、近くまで接近してこないと、沙羅でも気づけない。山に入って、周囲に人や車がなくなったので、殺気を強く感じるだけかもしれない。

その意味で、町中で二人の子供を守るのは難しい。死角や雑音が多いからだ。危険を察知しやすいぶんだけ、山のほうが安全だ。

肉眼で監視されていたほうが、殺気を感じやすい。防犯カメラや、ドローン搭載のカメラだと、それらには感情がないため、気づきにくい。ドローンのプロペラ音も、今日は風が強いので、その音にまぎれてしまう。

「汐緒里ちゃん、大丈夫？」

「うん」

汐緒里はうなずいた。だが、声に元気がない。

疲れもあるし、さっきの一件も引きずっている。日が暮れたあと、山に入っていくのは初めてのようで、少し怖いのかもしれない。

山に入ると、木々が覆いかぶさるかたちになって、闇が濃くなる。志郎が持っている懐中電灯では、足元しか照らせない。沙羅の目は、人間よりも夜行に強いが、それでも遠くまでは見通せない。

坂道が続いた。

ぐるりと回って、山の裏側まで来た。ここまでは車で通れるくらいの道幅があるが、ここから先は人しか通れない狭い道になる。

ふいにコウモリが飛びたち、ハッとした。野生の動物は、気配を消すのがうまい。沙羅でも気づけない。

それに気を取られた瞬間、違和感をおぼえた。

この匂い、なんだろう。

自然の匂いではない。人間には感じられないくらいの微量だが。

「志郎、ちょっと待って」

「ん？」

志郎は先を歩いている。懐中電灯を持ち、振り向いたところで、

「うわっ」志郎が叫んだ。

志郎が目の前から消えた。

その瞬間には、沙羅は汐緒里の手を離して、飛び出していた。

志郎が、足元の落ち葉に飲み込まれていく。下半身が落ち葉に埋もれて、なおも沈み込んでいく。

沙羅もそのなかに飛び込んで、志郎の手首をつかんだ。だが、足場がなく、沙羅の下半身も落ち葉に埋もれていく。

落とし穴？

いや、ちがう。沙羅と志郎だけが落ちているのではなく、落ち葉ごと落下している。崖を転落しているのだと分かった。

志郎の手首をつかんだまま、目を見開いて、しっかり見る。真っ暗闇でも、沙羅の夜行性の目なら、物の輪郭《りんかく》くらいはつかめる。岩のようなものが目に入った。とっさに、もう片方の手でそれをつかんだ。

体が止まった。

一緒に落ちていた落ち葉だけ、崖を落ちていく。沙羅と志郎はそこに残った。

崖の途中である。

沙羅が左手で岩をつかみ、ぶらさがっている状況だ。

「志郎、平気?」

「う、うん、なんとか」

上にいる汐緒里が、狂乱したように大声で叫んでいる。

「沙羅ちゃーん! お兄ちゃーん!」

沙羅は声をかけた。「汐緒里ちゃん。危ないから、こっちに来ないで。私も志郎も大丈夫だから、その場にとどまっていて」

「はーい、分かりました」汐緒里の返事が聞こえた。

志郎を引きあげる。

「志郎、そこの岩場につかまって」

懐中電灯は落としてしまっていた。真っ暗闇でほぼ見えない状況だが、志郎は手の感触だけで岩をつかんで、しがみついた。

落ちたのは五メートルほど。しかし下を見れば、十メートルはありそうだ。下は硬い岩場だろう。転落していたら、志郎は死んでいた。

沙羅は、志郎を引きあげつつ、岩場をよじのぼった。落下した五メートルを、どうにか上がった。上で、青ざめた顔の汐緒里が待っていた。

「お兄ちゃん、大丈夫?」

「ああ、でも沙羅が助けてくれなかったら、危なかった」

「何があったの?」

「分からない。暗くて、足元をよく見てなかった」

沙羅は元の道に戻って、その場を確認した。

崖くずれが起きている。

今日の午前中はあった道が、半分えぐれていた。そして、そのえぐれた部分が落ち葉で巧妙に隠されていたようだ。道があると思って、その落ち葉に踏み込んでいくと、急に足場がなくなって、崖に落ちるという寸法だ。

今日、沙羅たちが山を下りたあと、何者かがここに来て罠《わな》をしかけた。人為的に崖くずれを起こすため、火薬を使ったものと思われる。

その匂いがわずかに残っている。

明らかに人為的トラップだが、もしここに沙羅がいなくて、志郎が崖から落ちて死んだとしたら、警察の現場検証では、子供が崖くずれに気づかずに足を踏みはずして転落したとしか思われないだろう。

つまりプロバビリティーの犯罪。成功すれば事故死に見せかけられ、失敗しても殺人未遂とは思われない巧妙な手口である。そして失敗したときは、別のトラップをしかけてまた命を狙えばいい。いつかは成功する。ターゲットが小学生であれば、不注意の事故死に見せかけることは難しくない。

志郎自身も、自分が命を狙われているとは思っておらず、不注意で足をすべらせたと思っている。

火薬を使って崖くずれを起こすには、それなりの知識と技術がないとできない。この敵は、狡知《こうち》に長《た》けている。

しかし、なぜこの子たちが命を狙われるのかが分からない。

沙羅は言った。「私が先頭を歩くから、二人はあとをついてきて」

空き家に着いて、なかに入った。

志郎が、ホームセンターで盗んできたランタンの明かりをつけた。

沙羅はまず、空き家にトラップがしかけられていないかを確認する。

不在時に、誰かが侵入した形跡も匂いもない。また、遠くからこっちを監視するような視線も、今は消えている。

転落死させる工作が失敗し、ひとまず撤退したのだろう。

犯人の目的は、事故死に見せかけること。

万が一でも、他殺とバレるような殺し方はしてこない。それが分かっただけでも、対処はしやすくなった。

志郎は、囲炉裏に炭火を焚《た》いて、鉄輪《かなわ》のうえに鍋《なべ》をセットする。鍋に水を張り、豚肉や野菜を入れて、豚汁を作っている。飯盒《はんごう》でごはんも炊《た》いている。汐緒里に野菜を切ることくらいは手伝わせているが、ほとんど志郎がやっていた。

志郎は、本当にここで暮らすつもりのようだ。使えそうな家具や調理器具はきれいにしてあるし、使い方も勉強してある。食料も備蓄している。薪や炭などの燃料も用意してある。冷蔵庫はないが、この季節なら外に置いておいても充分に冷えている。無謀な計画に思えるが、志郎なりの準備はしてある。

小学生とは思えないほどの行動力をそなえている。生きることに忙しく、遊んでいる暇がない。そのせいか、学校の勉強では養うことのできない想像力や、肉体的なたくましさを生活のなかで身につけている。

志郎は、昼間に干した布団をたたんで部屋に入れている。疲れ知らずで、じっとしていることがない。

志郎は言った。「沙羅、おまえも休んでないで、手伝えよ」

「なんで?」

「なんでって、ここに泊めてもらうんだから、そのお返しに、私にできることはありませんかって言うのが普通だろ」

「普通がどうかは、私は知らない」

沙羅は家事をやらない。霊界では、特に閻魔家のような上流階級では、家事はロボットの仕事である。母は自分で料理や掃除もするけれど、沙羅はしない。手が荒れるのがいやだから、水洗いなど絶対にしない。

汐緒里が言った。「沙羅ちゃんは王女様なんだから、そんなことやらないよ」

「王女様ってなんだよ。ただの姉ちゃんだろ」

「ちがうよ。外国の王女様なんだよ。今はお忍びで、日本に旅行に来てるんだから」

「なんだよ、それ」

「お兄ちゃんこそ、お礼を言いなよ。さっき崖から落ちそうになったのを、沙羅ちゃんに助けてもらったんだから」

「……ああ、そうだな。沙羅、さっきはありがとう」

志郎は照れくさそうに、礼を言った。

夕食ができあがり、三人で囲炉裏を囲んで食べた。白米と豚汁だけの夕食だが、豚汁には、じゃがいも、ニンジン、ネギ、かぼちゃ、インゲン豆、小麦粉の団子など、いろいろ入っていて、けっこうおいしい。

志郎はさっさと食べ終える。「ごちそうさま」と言い、食べ終わったら食器を洗うように汐緒里に言ってから、自分は風呂を沸かしに外に出ていった。五右衛門風呂に水はためてあるので、竈に薪を入れて火をおこす。

沙羅と汐緒里はまだ食べながら、おしゃべりしていた。

「沙羅ちゃんの家は、何人家族？」

「父、母、兄、私で、四人家族」

「じゃあ、うちと同じだね。沙羅ちゃんのお父さんってどんな人？」

「酔っ払い」

「それもうちと同じだね。でも、沙羅ちゃんのお父さんなんだから、王様なんでしょ」

「世間では大王様って呼ばれてる。酔っ払い大魔王とも。地獄の王とか、死の神とも言われる。仕事は、こっちで言うところの法務大臣かな。いや、最高裁判所の長官か。あるいは死刑執行人。その全部みたいな仕事」

「ふうん。お母さんは？」

「ママはしっかり者の専業主婦。だけど、レシピ本を出したり、講演会に行ったり、ファッションショーに呼ばれたり、いろいろ忙しい」

「お兄ちゃんは？」

「へなちょこバカの永久受験生」

「沙羅ちゃんは？」

「私は……、なんだろ。職業はないけど、たまに父の代理を務めるから、非常勤のフリーターかな。あとは特にすることもないから、本を読んだり、映画を見たり、プールで泳いだり、変装して街にくりだしたり、こうして旅に出たり」

「セレブだ」

「なのかな。よく分からないけど」

「沙羅ちゃんの家って、どんな家?」

「見た目はバッキンガム宮殿みたいだけど、機能的には高層ビルだね。首都のどまんなかにある」

「へえー、行ってみたいなあ」

「死んだら、遊びにおいで」

「えっ、なんて言ったの?」

「いや、こっちの話」

「ねえ、沙羅ちゃんって何歳なの?」

「ん? 私?」

沙羅は、自分が何歳なのか知らない。霊界には年齢を数える習慣がないからだ。もちろん老いはあるので、老若の区別はあるけれど、それを数字で表さない。見た目で若年とか中年とか老年とか言うだけ。

見た目が若ければ、永遠に若者である。何年生きたかは重要ではなく、今まで何を学んできたか、その結果として今、何ができるかという実質を重視する。年を取っているから偉いのではなく、能力が優れているから偉いのだ。年功序列は、いかにも人間的で、非合理な仕組みである。

そもそも一年という単位がない。時刻さえ、ひと昔前まではなかった。でも、たとえば何時にどこに集合とか、いつまでにこれをやっておいて、みたいなときに、時刻がないと不便だということになって、人間界にならって時刻という概念と時計という機械が取り入れられた。しかし霊界のなかには、今でも時計を拒否し、時刻を気にしないで生活している人も少なくない。

だから年の区切りもないし、たとえば記念日を祝うという習慣もない。人間にとって時間は「回る」ものだが（一年経って、振りだしに戻る）、霊界では直進的に、不可逆的に進むものでしかない。したがって年齢を数えることもしない。

「んー、何歳に見える？」と沙羅は言った。

「ええと、二十歳くらいかな」

「じゃあ、二十歳で」

そう言うと、汐緒里はころころ笑った。

「沙羅ちゃんって、普通の人とちがうよね。やっぱり王女様だからかな」

夕食を終えて、汐緒里は台所に向かった。蛇口をひねっても水は出ないが、ペットボトルに汲んでおいた水で、みんなの食器を洗っている。汐緒里も、兄ほど体力はないが、てきぱき働いている。

この兄妹の命を誰が狙っているのか。沙羅といえども謎を解くために必要な情報が出そろっていなければ、さすがに分からない。

ただ、閻魔家の者として、長く人間を観察してきた者として、分かることもある。この家族（竜太、夏妃、志郎、汐緒里）には、どことなくよどんだ空気が流れていて、悪いことが起きそうな予兆がある。この種の凶兆は、沙羅の経験上、人間の複雑な感情のこじれによって醸成される。

人間は、さほど頭がよくないくせに、感情だけは複雑にできている。考えは浅いが、気持ちは深い。

そして相反する感情を同時に持つアンビバレント性が、人間の特徴である。

たとえば、汐緒里。汐緒里の父に対する感情で、最初に伝わったのは、嫌い、怖いという二つの感情である。特に酒の匂いが嫌い。と同時に、どこか同情的でもある。ダメな人間だけれど、ダメになってしまう理由がちゃんとあると思っていて、そこには同情的という、幼《おさな》いなりに父を冷静に分析している。

夏妃の竜太に対する感情も似ている。ダメな人間だと分かっていながら、そのダメなところを憎めない。また、ダメな人間だからこそ、誰かに頼らなければ生きていけず、自分が竜太に頼られるのは悪い気持ちではない。こういう感情を「愛」と呼ぶのかは、沙羅にはよく分からない。

志郎の竜太に対する感情と、竜太の志郎に対する感情は、実は似ている。志郎は竜太に対して強い憎悪を持っている半面、どこか期待するところもあり、その期待が裏切られるからこそ、いっそう強い憎悪に振れてしまう。志郎は、自分のことはともかく、父が母に対してもっと誠実であってほしいと期待している。というのも、母が父を愛していることを知っているからだ。

竜太にも、父として志郎から慕《した》われたいという気持ちがある。そこが致命的に嚙みあっていないから、あれほどの軋轢《あつれき》になる。

人間の感情は、つねにアンビバレントである。愛の裏には憎がひそんでいる。喜の裏には哀があり、怒の裏には楽がある。人間はシーソーゲームのように、その両端を行ったり来たりして、笑ったり、泣いたり、怒ったり、許したりしながら生きていく。その表裏のバランスを取ることがうまい人間を人格者と呼ぶ。

そのアンビバレントがこじれにこじれて、引き裂かれた瞬間に、物事は悪いほうに転じる。シーソーゲーム（葛藤《かっとう》）の行ったり来たりに疲れて、どうでもよくなったとき。すべてがいやになって、ゲーム自体をやめたくなったとき。これまで大人しかった人が、突如としてシーソーゲームそのものを破壊するような犯罪行為に出る。

事件が起きるのは、そんなとき。

汐緒里は台所で食器を洗ったあと、囲炉裏の前に戻ってくる。

沙羅は、やかんでお湯を沸かしておいた。ココアを作って汐緒里に渡した。汐緒里は、両手でマグカップを持って飲んでいる。

「沙羅ちゃん」

「ん？」

「お母さん、死なないよね」

そう言って、汐緒里は沙羅の顔を見る。

「死ぬと思うよ」と沙羅は答えた。「誰もがいつかは死ぬという意味では」

汐緒里はそれ以上、何も聞かなかった。

「おーい、風呂が沸いたぞー。はやく入れよ」

志郎の大声が聞こえた。顔に煤《すす》をつけた志郎が窓から顔を出した。

「汐緒里ちゃん、一緒に入ろう」

「うん」汐緒里はうなずいた。

# 11

夏妃の文字であることは確かだった。だが、もうペンを握る力もないのか、文字が薄くて揺れていた。

「志郎と汐緒里は、今晩は汐緒里の友だちの家に預かってもらっています。今日の深夜0時に、車で病院にこっそり迎えに来てください。連れていってほしいところがあるから。飲酒運転になるので、くれぐれもお酒は飲まないで」

今は午後六時。すでに酔いはさめている。不思議と酒を飲みたいとも思わない。六時間後には完全に酒は抜けているだろうが。

「深夜0時？　連れていってほしいところって、どこだ？」

今の夏妃では、もう外出許可は下りない。こっそり抜けだすということか。行きたい場所がどこかは分からなかったが、たぶん最後の外出になるだろう。それなら、かなえてあげたかった。

すぐに準備をはじめた。昔、着ていた革ジャンにジーンズ。竜太の服のなかではマシなものを選んだ。風呂を沸かすのは面倒なので、銭湯に行った。体をきれいに洗って、帰りにハンバーガーを食べた。

髪を整えて、髭《ひげ》もそり、歯をみがいた。それで午後九時になった。眠れないけど、少し体を休めておいた。

午後十一時半になり、アパートを出た。近くの駐車場に停めてある軽自動車に乗った。アルコール依存症になってからは乗っていない。とはいえ、元トラック運転手であり、免許はまだ失効していない。

久しぶりの運転だが、支障はない。酒も完全に抜けている。そのせいか、体は不思議なくらい快調である。柄にもなく、ドキドキしてきた。

すぐに病院に着いた。

病院の駐車場は閉まっていたので、路上に停めた。病院の正面玄関も閉まっている。関係者出入り口から侵入し、エレベーターは使わず、階段であがった。深夜なので、常夜灯以外の明かりはなく、人の動きもほとんどない。ナースステーションの前をほふく前進して、夏妃の病室にすべりこんだ。

夏妃はベッドに腰かけていた。パジャマではなく、入院したときの服を着ていた。やせてはいるが、肌艶《はだつや》はよさそうだった。いや、少し化粧をしたのかもしれない。ともあれ表情は明るい。その顔を見て、ホッとした。

「セーフ、バレなかったな」と竜太は言った。「まるで潜入捜査官だ。助けにまいりましたぜ、お嬢さん」

竜太は冗談を言ったが、夏妃は笑わなかった。竜太の顔をまじまじと見ている。志郎に殴られた顔のアザに気づいたのだろう。

「どうしたの、その顔?」

「酔っ払って、居酒屋でちょっと喧嘩になったんだ。三人がかりでボコボコにされた。まあ、たいしたことはねえよ。いつものことだ」

「そう……」

嘘でごまかして、話をそらした。「で、車で来たけど、どこに行くんだ?」

「神社に連れていって」

「神社?」

「うん、今年はまだ初詣《はつもうで》に行ってないから」

「……ああ」

気づけば、もう年も明けている。仕事をしていないと、季節感がなくなる。一年前の大《おお》晦日《みそか》は、夏妃は元気で、家で一緒に紅白歌合戦を見た。わずか一年でここまで環境が変わってしまったことにあらためて驚いた。

神社の正式名称は知らない。だが、二人のあいだで神社といえば、あそこしかない。二人が出会った場所だ。

　夏妃は毎年、志郎と汐緒里を連れて初詣に行っている。

「んじゃ、行くか。外出許可は取ってないんだろ？」

「取ってない。というか、もう取れない」

「じゃあ、こっそり抜けだそう。夕飯はもう食ったのか？」

「ううん。でも、もうのどを通らない」

「まあ、こんな病院のまずいメシじゃあな。どっかで食うか？　なに食いたい？　ラーメン？　寿司？　うなぎ？」

　夏妃は失笑する。「バカだね、この人は。もう固形物はのどを通らないっていう意味で言ってんの。あ、でも、プリン食べたい」

「プリン？　そんなもんが食いたいのか。でもこんな深夜じゃ、スイーツ店は開いてないぞ。コンビニのでいいか？」

「うん。ところで、お酒は飲んでないでしょうね」

「ああ、飲んでねえよ。ほれ」

　夏妃の顔に、息を吹きかけた。夏妃がいやな顔をする。

「普通に息がくさい」

「そうか？　悪いな。ちゃんと歯はみがいてきたんだけどな。じゃあ、さっそく行こう。

歩けるか?」

「なんとか」

夏妃は立ちあがり、歩こうとする。だが、足つきが心もとない。

「やっぱり車椅子《くるまいす》でもなきゃダメか。でも、俺が看護師に言っても貸してくれないよな。面倒くせえ。よっしゃ、おんぶだ」

腰を下ろして、夏妃に背を向ける。夏妃が背中におぶさった。とても軽かった。四十キロくらいしかないかもしれない。

病室のドアを開けて、廊下を見る。人はいない。だが、ナースステーションの前を通ればれ、ほふく前進はもうできないので、気づかれてしまう。

「夏妃、ダッシュで駆け抜けるぞ」

「うん」

夏妃をおんぶしたまま、病室を飛びだした。途中で看護師に見つかった。

「あっ」と若い看護師が叫んだ。「ちょ、ちょっと」

「ちょっくら出かけるんで、よろしく」

「待ってください、宮沢さん」

看護師の制止を振りきって、全力で駆けた。

階段を下りて、外に出て、停めてある車に向かった。夏妃を助手席に乗せたあと、竜太は運転席に座り、エンジンをかけて走りだした。ちょうど看護師が数人、病院の外に出てきて、周辺を探している。竜太はその横を、クラクションを派手に鳴らして、からかいながら走りぬけた。

「へへっ」竜太は笑った。「なんか、あれみてえだな。ドラマでよく見るやつ。結婚式に殴り込んでさ、ウエディングドレスを着た花嫁をかっさらって逃げるやつだよ。略奪愛っていうのか、あれ」

「そんな上等なもんじゃないでしょ。せいぜい授業をふける高校生でしょ」

「でも、大丈夫か？　あいつら、警察に通報したりしねえかな」

「メモは置いてきた。朝には帰りますって」

「なら、平気か」

車を走らせる。交通量の少ない時間帯だから、三十分もあれば着くはずだ。

「初詣か。おまえも信心深いねえ。俺はあの神社にはしばらく行ってねえな。今日は正月の三日だよな」

「日が明けて、もう四日」

赤信号で車が止まったとき、音楽でもかけようと思って、CDを取りだした。ドリカムの古いCDをかけた。

「あ、それとプリンか。どんなプリンがいいんだ？　二十四時間営業のコンビニくらいしか開いてないけど、コンビニならどこがいい？」

聞いたが、夏妃から返事はなかった。

助手席に座って、目を閉じている。おんぶされて車に連れてこられるだけで、消耗したみたいだ。息が細い。シートベルトがないと、もう体を支えられないみたいに、背もたれに体を預けている。

どう見ても、もう長くない。これが最後の外出になる。

しばらくして、夏妃は眠ってしまった。

竜太は運転しながら、夏妃と出会った十三年前を思い出していた——

高校を卒業したあと、竜太は自然な流れで、暴力団に入った。

高校生の時点で、すでに暴力団の手先として働いていた。当時、よくやっていたのはパーティー券の販売である。

芸能人が来ると嘘をついて、パーティー券を売る。当日が来たら、その芸能人が来られなくなったことにして、代役の二流芸人を派遣する。今でいう闇営業で、当時は暴力団とつながりのある芸能人は少なくなかった。

詐欺《さぎ》の仕組みを作るのが暴力団で、その手先となってパーティー券を売るのが下っ端《したっぱ》の竜太たちだった。売り方は、ほぼ恐喝である。竜太は腕っぷしが強く、口も達者である。

背中に入れ墨を彫ったら、恐喝の効果は倍増した。

暴力団にとって使いやすいやつだったと思う。結果を出すと、竜太にも少なくない報酬が出た。それで躍りあがって、ますます深入りした。やがて込野《こみの》という、中間管理職的な立場のヤクザに目をかけられるようになった。

「おまえ、高校を卒業したらどうすんだ？」

「いや、特に決まってねえすけど」

「なら、俺んとこに来いよ」

という軽い流れで、込野の舎弟になり、暴力団に就職することになった。

竜太が入った暴力団は、日本でも有数の大きな指定暴力団だった。とはいえ、その傘下の一つで、込野はいわば大企業の子会社の係長といったところ。竜太はその下なので、末端の構成員である。

立場は、いつでも切られるトカゲのしっぽ。盃《さかずき》を交《か》わすといった儀式もなく、雇用契約を結ぶわけでもない。込野との個人契約といっていい。

もちろんそういうところから才覚だけでのしあがって、ビッグになる人間もいる。しかしヤクザ組織も肥大化していて、上がつかえている。その過剰な組織を維持するために、ノルマだけはやたらきついが、上に空いているポストがないために出世は見込めない。ヤクザも高齢化していて、上（ジジイ）は既得権益で肥《ふと》り、下（若者）が割りを食うという図式は、一般社会とそれほど変わらない。

正式にヤクザになったが、やることは高校時代と同じだった。ただし、ノルマはきつくなった。ノルマを果たすために、自分で借金したり、罪を犯したりする者も末端には多かった。なにより人間扱いされない。

ヤクザの下積み時代は、思い出したくないことが多すぎる。

それでも二年経ったら、いちおう昇格した。込野が「若頭《わかがしら》」になり、それまで込野がやっていた仕事を竜太がまかされるようになった。地元の不良どもを取り込んで違法な仕事をさせて、こづかいを渡す。連中がイタズラしたときは、竜太が制裁するという、半グレの取締役のような地位だ。

やがて込野が、覚醒剤《かくせいざい》の売《バイ》に手を染めた。竜太も手伝うようになった。販売ルートの管理が、竜太の仕事になった。

手順はシンプルである。

まずは高級クラブの従業員を買収する。あるいは息のかかった人間をもぐりこませる。そこで客に覚醒剤を売らせる。

高級クラブなので、芸能人やスポーツ選手、中小企業の経営者、金持ちのボンボンといった富裕層が多い。そして高級クラブに来るような人間は、大なり小なり、そういうものに興味を持っている。金はあるけど、疲れていて、仕事のプレッシャーはきつい。精神的な安らぎを求めている。

そういう人に「これやると、すっとしますよ」というふうに軽く勧める。「みんなやってますよ」と。はじめは無料で、少量だけあげる。染まったら、金をとる。深く依存したところで、販売価格を吊りあげる。

売人からの注文を竜太が電話で聞き、組の薬物倉庫から持っていく。〇〇デパートの△階のトイレ、といった場所で受け渡す。二つ並びの個室、まず竜太が右に入り、五分後に売人が左に入る。顔は合わせず、トイレの下の隙間《すきま》から金とブツを交換する。竜太が先に出て、五分後に売人が出る。もし警察の尾行がついている気配があったら、ブツをトイレに流してしまう。

その覚醒剤がどこで生産されて、どうやって運ばれてきたのかは知らない。それは込野の仕事だった。たぶん組のネットワークを使って調達するのだろう。竜太は何も知らないので、逮捕されても自白のしようがない。薬物捜査において、末端を捕まえても、生産元までたどるのが難しいのはそのためだ。

竜太はうまくやっていたほうだと思う。ただ、ノルマが異常にきつかった。

いま思えば、ヤクザの世界も曲がり角だった。稼げるやつと稼げないやつがはっきり分かれた時代である。

稼ぐやつは、暴力団の威力を背景にしつつも、合法的に稼ぐ。たとえばキャバ嬢と手を組んで、大企業の幹部と不倫させる。その不倫が一ヵ月におよんだところで、ヤクザが出ていく。その娘は十八歳未満であるとか、ヤクザの親分の娘だといって脅す。いわゆる美人局《つつもたせ》で、昔からよくある手口だが、ここから先は少しちがう。昔なら金を脅し取るだけだった。今は情報を盗む。その会社の機密情報を漏らさせる。その情報を使ってインサイダーで儲《もう》けたり、情報自体を中国企業に売り渡す。

このほうがはるかに儲かる。ヤクザでも稼ぐやつは、情報を利益に換える。そのためにインターネットを活用する。

今どき覚醒剤を売るなんて、古いタイプのヤクザかもしれない。竜太は、背中に入れ墨を彫っているような、その古いタイプのヤクザだった。腕っぷしは強いが、コンピューターはからっきしである。

いくつかの販売ルートを摘発されたことで、ノルマを果たせなくなった。上納金を怠れば、親分のおぼえが悪くなり、一生下っ端である。しかし借金してノルマを埋めたら、自分の生活がたちゆかない。

やむにやまれず、不正に手を出した。

薬物一グラムのうち、〇・〇五グラムだけ抜くことにした。〇・九五グラムを一グラムとして売っても、普通は誰も気づかない。これを二十回やれば、一グラムの薬物がただで手に入る。それをネットで売った。

バレたら、ただではすまない。でも当時、そういう感覚はなかった。あまりにも扱いがひどいので、それくらいはしていいと思っていた。

だが、それがバレた。

なぜバレたのかは知らない。あるとき込野に呼びだされて、その場所に行ってみたら、いきなり囲まれてリンチされた。

「これ、おまえのしわざだな」

込野に、ネットの売買記録を見せられた。確かに自分のものだった。

込野がドスを取りだし、「左手をおさえろ」と子分に命じた。地面に這《は》いつくばらされて、四人がかりで左腕を押さえられ、指を開かされた。込野のドスが、自分の左手に向けられた瞬間、竜太は恐怖で暴れた。

あとは無我夢中だった。

竜太は込野に襲いかかった。込野はドスを振って抵抗した。その刃《やいば》が竜太の顔を切り裂いて、鮮血が散った。向こうは十人近くいた。結局、袋叩き《ふくろだた》にあった。気を失って、地面に倒れた。だが、意識を失っていられた時間は短かった。左手の小指を切り落とされた痛みで、竜太の意識は戻った。

「手当てしてやれ」

込野は言って、小指をハンカチで包んで持っていった。あとで知ったことだが、組の親分に、竜太の小指を持ってくるように命令されたらしい。

顔の切り傷と、切断された小指の出血をおさえるため、いちおう手当てされた。だが、ちゃんとした医者の処置ではないので、顔には大きな傷跡が残り、小指の切断面も雑なまま。そして破門された。


破門されて一年。竜太の生活は荒廃していた。

ずっと無職だった。元ヤクザのうえに、顔に大きな傷跡があり、小指がなく、背中に入れ墨のある人間を雇う会社はない。家賃を滞納してアパートに居座り、恐喝や窃盗をくりかえして、どうにか一年は生きのびた。

傷は自然にふさがったが、あの恐怖体験のフラッシュバックに苦しんだ。突如、ドスで斬《き》りつけられる悪夢に襲われて、パニックになった。

次第に恐怖は薄れ、怒りに転じた。

込野に対する怒りだ。込野を兄貴分と慕って、ずっと従ってきた。それなりの忠誠心は持っていたつもりだ。不条理なことは山ほどあったけど、それにも耐えてきた。それでもノルマを果たせず、やむなく不正に手を出した。

そもそものノルマ設定に無理があったのだ。そういう状況に追い込んだのは込野だ。それなのに弟分の竜太をかばうことなく、親分に命令されたのかは知らないが、小指を切り落として、あっさり破門した。

自暴自棄になって、酒に溺《おぼ》れた。

自殺する気になっていた。だが、そのまえに込野を殺してやる。

込野を刺して、自分も腹を切る。そんなことを夢想した。

どうせ死ぬなら、劇的な死に方をしてやりたかった。込野をめった刺しにして、そのドスで自分の腹を刺して死ぬ。そしてかっこよく、潔く、三面記事に載って、この世に自分の名前を残してやる。

込野の住所は知らない。組の事務所で張っていれば、いつかは遭遇するだろうが、事務所にいるときは通常、子分が護衛としてついている。拳銃《けんじゅう》でもあれば別だが、ドス一本で斬り込むのは難しい。

唯一のチャンスは、毎年恒例のゴルフ大会。組の傘下が集まり、年に一回、八王子のゴルフ場で開催される。ゴルフが好きな親分の誕生日会も兼ねているので、開催日は親分の誕生月の第二土曜日と決まっていた。

若頭の込野も、もちろん参加する。そのときは警戒もゆるい。そこでは込野は、護衛される立場ではなく、親分を護衛する立場だからだ。護衛されている人間を殺すのは難しいが、護衛している人間を殺すのは容易だ。

竜太は計画を立てた。ドスを研ぎ、心の準備をした。

その日、竜太はふところにドスを隠し持って、朝からゴルフ場に忍び込んでいた。望遠鏡を持って、遠くからゴルフ場を見渡した。団体客はかぎられているので、組の一行はすぐに見つかった。

だが、込野がいない。

ちょうど知った顔の元舎弟がいた。身分が低いのでゴルフ大会には参加していないが、たぶん運転手として来たのだろう。

ラウンジでタバコを吸っているところに近づいて、声をかけた。

「おい、込野はどこだ?」

「あ、竜太さん。ど、どうしたんですか、こんなところで」

「込野はどこだよ」

「込野さんって……、えっと、竜太さん、知らないんすか?」

「なんだよ」

「込野さん、死にましたよ」

「は?」

対立組織に射殺されたという。半年前のことだ。

その元舎弟が、スマホで当時の新聞記事を見せてくれた。込野が対立組織の縄張りに商売を割り込ませたのが原因だった。犯人はすでに逮捕されている。

竜太はしばらく放心していた。

ゴルフ場を離れて、あてもなく歩いていた。

富士山《ふじさん》がよく見えた。なんとなく目印にして、その方向に進んだ。

ふところには、込野を刺すために研いできたドスがある。ここ数ヵ月、込野に対する復《ふく》讐《しゅう》だけを心の支えにして生きてきた。

その夢がさめて、一気に虚《むな》しくなった。

貯金はもうない。昨日、すべて使った。最後にうまいもんを食って、高い酒を飲み、夜は風俗に行って、残りの金はその女にくれてやった。ゴルフ場に来るための電車賃と、最後の食事代だけ残して。

だから財布には、もう小銭しかない。

途中にあったそば屋で、てんぷらそばとビールを頼んだ。合わせて千八百円だったが、四百六十円しか持っていなかったので、それだけテーブルに置いて店を出た。これで完全な一文なしである。

行くあてもない。ふたたび富士山をめざして歩いた。

日が暮れてきて、寒くなってくる。人里離れて、いつのまにか林道に入っていた。舗装されていない砂利道を歩いた。通りすぎる人も車もない。この道を進むと、どこにたどり着くのかも分からない。

このままくたばっちまってもいいかと思った。

子供のころ、よく言われた。おまえはろくな死に方をしないと。事実、そうなりそうだった。できれば込野を殺して、赤穂浪士《あこうろうし》のように、あるいは三島由紀夫《みしまゆきお》のように、劇的に死にたかった。死ぬのはいい。死に方が問題だったのだ。

真っ暗になるまで歩いた。

月明かりを雲がさえぎって、完全な闇が訪れた。足元もよく見えない。目印にしてきた富士山も分からなくなった。

歩き疲れて、その場に腰を下ろした。

このまま死んだっていい。でも、長く苦しむのはいやだった。目を閉じて、眠ったまま死んでしまえたら、どれだけいいか。

そこで気づいた。

少し先に、明かりが見える。

よく見ると、林道のわきに、横道があった。明かりはその先にある。

疲労と空腹で、何も考えられなかった。虫が光に吸い寄せられるように、竜太は明かりのあるほうによろよろ歩いていく。

横道に入ってすぐ、鳥居が見えた。鳥居をくぐると、神社がある。神社の正面に灯籠《とうろう》が二つ立っていた。

竜太はまず手水鉢《ちょうずばち》のところに行って、手で水をすくって飲んだ。たぶん湧《わ》き水《みず》だろう。とても冷たかった。それで少し生き返った。

神社はひっそり建っている。誰かがいる気配はない。

小さな、ありふれた神社だが、年季は入っている。何百年も前からここに存在しているような、悠久の趣《おもむ》きがある。狛犬《こまいぬ》の石像が二つ。社《やしろ》の前に賽銭《さいせん》箱があり、鈴のついた太い縄が垂れている。

異界に入ってきたような、不思議な感覚になった。

そろそろ寒くなってきた。社殿に入って休もうと思ったが、戸が閉まっている。だが、これは簡単だった。思いきり蹴とばしたら、戸が開いた。

がらんどうである。

祭壇があって、木像がある。燭台《しょくだい》や杯などもあった。だが、それら祭具以外は何もない。食料も飲み物もない。でもとりあえず、風はしのげる。隅《すみ》っこに積んであった座布団を床に敷いて、横になった。

これからどうするか。考えたところで、どうするあてもない。今日はもう疲れたから寝るとして、明日はどうする？

「くそっ、込野の野郎」愚痴《ぐち》がこぼれた。

込野を刺して、自分も死ぬ。それしか考えてなかった。

いっそここで腹を切るか。そう思ってドスを取りだしてみるが、今のこの冷めたテンションではできそうにない。第一、腹を刺したって簡単に死ねるもんじゃない。昔の侍だって、切腹するときは介錯《かいしゃく》が必要だった。

できるわけがない。

祭壇に、名前は知らないが、木像がある。

アミダニョライというやつだろうか。でも、漢字では書けない。

もとは金色だったのだろう。今は茶褐色になっていて、艶も失われている。外にある灯籠の明かりが、社殿内にもわずかに入ってきて、なんとなく表情は分かる。

ふと思った。

アミダニョライは男なのだろうか、女なのだろうか。

しばらく考え込んでしまった。

どちらにも見える。男の髪型にすれば男に見えるし、女の髪型にすれば女に見えると思う。いや、たぶんどちらでもないのだろう。男が見れば女に見えるし、女が見れば男に見える。そういうことかもしれない。

次に思ったのは、喜んでいるのか、悲しんでいるのか。

アミダニョライには表情がなく、笑っても泣いてもいない。明るい気持ちでいるのか、悲しい気持ちでいるのかもはっきりしない。

かといって完全に無表情でもない。

やはりどちらでもないのだろう。幸せな人には悲しんでいるように見えて、不幸な人には微笑んでいるように見えるのかもしれない。

不思議な顔だ。

ふいに自分の過去が駆けめぐった。

わんぱくで暴れん坊だった少年時代。同じクラスの子を、男も女も見境なく、平気で殴った。誰も注意できなかった。注意されたら、そいつに殴りかかっていったから。悪いことをしてもちゃんと叱《しか》る大人がいないと、竜太のような人間ができあがる。力をもてあましていた少年が、中学高校で不良になり、大人になってヤクザになった。今までの人生で一度も反省したことがない。

ずっとバカのまま、この歳《とし》まで生きてきた。

世間は竜太を害とみなした。竜太も世間を敵とみなした。ずっと争ってきた。竜太は自分を特別だと思い、それを証明するために威張って、力を誇示した。大変だったのは、自分と世間とのあいだで板ばさみになった家族だった。特に貴道とは、ある時期からまったくしゃべらなくなった。

「バカだな、俺は。マジでバカみてえな人生だ」

アミダニョライの前に立ったら、心底そう思えてきた。

込野が死んでいることも知らず、復讐計画を立てていたバカ。復讐するつもりなら、まず相手が生きているかを確認するべきだろう。そういうことに頭が回らないから、バカなのだ。それで金も全部使っちゃって、結果、こんなところで野垂《のた》れ死にする羽目になった大バカモノ。

俺が死んだら、みんなせいせいするだろう。バカのまま大人になると、竜太みたいな死に方をするぞ、と子供に言い聞かせるといい。

「なあ、アミダニョライさんよ。笑ってくれよ。こんなバカ、他にいねぇだろ」

竜太はカカカと笑った。

「じゃなきゃ、俺を叱ってくれ。あんた、偉いんだろ」

友だちみたいに話しかけた。でも、アミダニョライは何も答えない。

そのとき、すっと影が動いた。

とっさに幽霊だと思った。

幽霊が顔を出した。髪が長く、肌の白い、女の幽霊だった。

ふらふら歩いてくる。

戸を蹴り壊して、社殿に不法侵入したあげく、アミダニョライになれなれしく口をきいたから、祟《たた》りが現れたのだと思った。

「あ、すみません。あの……、出ていきますから、勘弁してください」

呪《のろ》われたらかなわない。出ていこうとしたとき、幽霊の体が揺れた。酔っ払っているみたいに、ふらふらしている。

いや、実際、酔っ払っている。酒くさい。

幽霊にしては様子がおかしい。幽霊じゃない。人間の女だ。

ふらふらと倒れてくる。とっさに抱きとめた。

やはり人間である。触れるし、温かい。

「おい、しっかりしろ。大丈夫か？」

女の頰を叩いた。目が死んでいて、顔が青白かった。体がかなり冷えている。

女が嘔吐をもよおした。

「ちょっと待て。こんなところで吐くな、バカ」

肩を貸して外に連れていき、そこで吐かせた。女は嘔吐するなり、ぐったりした。社殿に戻って、座布団を並べた場所に寝かせた。寒くなってきたので、竜太は上着をぬいで、女の体にかけてやった。

女は眠り込んだ。竜太は上着を貸したせいで寒くなり、社殿のなかをぐるぐる歩きまわって、少しでも体温を上げるようにした。

しかし、誰だろう。この神社に関係のある人間なのか。そうは見えないが。

女はハンドバッグを肩にかけていた。

そのバッグを開けて、なかを見る。財布にはたいした額は入っていない。産婦人科の診察券が入っていた。名前は、石原《いしはら》夏妃。

年齢は、竜太より四つ下。

「なんだ、この女？」


朝、境内《けいだい》で猫が喧嘩する声がして、夏妃が目をさました。

竜太はすでに起きていた。

いい天気だった。昨日まで自殺するつもりだったのがバカバカしく思えるほど。

夏妃は起きるなり、きょろきょろした。

「起きたか？」

竜太が言うと、夏妃が顔を向けた。人の顔をまじまじと見つめた。

見れば、きれいな女だった。少しきつい目つきと、厚ぼったい唇、やけに挑発的な化粧をのぞけば、好きなタイプの顔だった。

ただ、病的なほど、顔色が悪い。

頭痛がするのか、夏妃は顔をゆがめた。ぼさぼさの髪をかきあげた。

「ここはどこ？」と夏妃は言った。

「さあ、俺も知らない。どこかの神社だ」

「……あんたは？」

「俺？　名乗るほどのもんじゃねえよ。ただのろくでなしだ。あんたは？」

「私は……、私も名乗るほどのもんじゃないし、ろくでもない人間」

「そりゃそうだな。酔っ払ってこんなところをさまよい歩く女だもんな」

「あんただって、小指のないダメ人間だろ」

負けん気の強そうな女だった。育ちの悪さが、言葉づかいに表れている。

「起きられるか？」と竜太は言った。

「頭、痛い」

「あんた、妊娠してんのか？」

「…………」

「まあ、詮索《せんさく》する気はねえんだが。ちょっとバッグの中身、見ちまった」

戸を開けて、外の光を入れた。富士山が眼前にそびえたっている。森の冷気がひんやりしていて、吸い込むと気持ちがいい。

「実はよ、俺は死ぬつもりでここに来たんだ。バカな話だけどよ、昔の因縁《いんねん》にケリをつけるために、このドスを持って――」

すべてが笑い話に思えてきた。小指を切られたところから、込野を殺しに来たところまでを簡潔に話した。

「だから、金なんか全部使っちまって、一文なしだ。それでふらふら歩いているうちに、こんなところに迷い込んで、一晩過ごさせてもらっていたというわけだ。そんな人間だから、お他人様に偉そうなことを言える立場でもないんだが、あんたもお腹に赤ん坊を抱《かか》えている身で、酔っ払ってこんなところをふらついているんだから、いろいろあるんだろうけどよ。ここで会ったのも何かの縁だ。少し金を貸してくれねえか？」

「は？」

「金がねえんだよ、マジで、一円も」

「知らないよ。私だって、お金なんてろくに持ってないし」

「ああ、そうだったな。財布のなかに、いくらも入ってなかった」

「人の財布、勝手に見たの？　信じらんない」

「んじゃ、しょうがねえ。あんまりやりたくねえけど、仕方ねえか」

外に出て、賽銭箱を調べた。背面に鍵がついている。これを開けると賽銭を取りだせる仕組みらしい。古い型の鍵なので、初級編のピッキングで開く。それくらいはヤクザの基礎教養だ。

キーホルダーにつけてある、針金で作った手製のピッキング・ガンを取りだした。鍵穴《かぎあな》に入れて、いじった。その様子を、夏妃がずっと見ている。

集中したら、屁《へ》が出た。ブブブブと、こすれたような音が尻から出た。

竜太の後ろにいた夏妃が、いやな顔をする。

「ちょっと、人に向けておならしないでよ」

「俺はおならなんかしてねえよ」

「したでしょ、今」

「今のはおならじゃねえよ。肛門《こうもん》で口笛を吹いたんだ」

「なにそれ？」夏妃が舌打ちする。

「俺の肛門は、またの名をブブゼラっていうんだ。うんこをする楽器だ。音楽を奏《かな》でたんだよ。モーツァルトってやつだ。まあ、分かんねえか、おまえみたいな無教養な女には。屁と音楽の区別もつかねえんだからな」

へへへと笑った。

鍵が開いた。賽銭箱には、小銭がけっこう入っていた。かき集めると、四千円くらいにはなった。それらをポケットに入れた。

「神様、いや、アミダニョライ様か。すまねえ、お金借りるよ。いつか十倍にして返しにくるからよ。代わりにこれを置いていく」

社殿に戻って、ドスをアミダニョライ像の前に置いた。

「俺にはもう必要ねえ。血は吸ってねえから、売ればいくらかになるよ」

夏妃も竜太の背中越しに、アミダニョライを見つめていた。

「さて、行くか。あんた、大丈夫か?」

「ええ」

「あ、名前を言ってなかったな。俺は宮沢竜太だ」


それが夏妃との出会いだった。

そのあと、二人で暮らしはじめた。

竜太は、家賃を滞納していたアパートを夜逃げして、押し込み強盗のようにして夏妃の部屋に移り住んだ。夏妃がなぜ神社に来たのか、お腹の子供の父親が誰なのかは聞かなかった。おたがいに身寄りもなく、金もなかったから、助け合って生きていこうということだけ決まった。

愛が芽生《めば》えたのは、そのあとだ。

夏妃のお腹はやがてふくらみはじめ、出産準備に入った。

竜太が働くしかない。

運が向いたのか、竜太はすぐに就職できた。トラックの運転手である。ヤクザ時代に、大型の免許は取っていた。ヤクザというのは、実はいろんな資格を持っていたりする。当時は人手不足だったのだろう。そしてその運送会社の鳥越《とりごえ》社長は、とにかく無頓着《むとんちゃく》で、おおまかな人だった。

最初の面接で、鳥越社長は、竜太の顔の傷跡と小指の欠損を見た。履歴書も見たが、嘘しか書かれていないことをひと目で見抜いたようだ。

「なに、暴力団員?」と鳥越社長は言った。

「……ええ、もう足を洗いましたけど。履歴書に嘘を書いて、すみません」

「大型トラックの免許を持っているのは本当?」

「それは本当です。免許証もちゃんとあります。本物です」

「今はもう足を洗ってるのね」

「ええ」

「入れ墨とかは?」

「……あります、背中に。でも服を着ていれば分かりません」

「そんなに給料を出せないけど、いい?」

「は、はい」

「同僚や取引先の前では絶対に服をぬがないこと。約束できる?」

「できます。誓って、服はぬぎません」

五分で採用が決まった。世の中には拾う神もいる。鳥越社長が言うほど、給料は悪くなかった。そうやって新生活がスタートした。

夏妃が住んでいたマンションは家賃が高かったので、引っ越した。二人が出会った場所である八王子に、安いアパートを借りた。今の住所である。

そして子供が生まれた。志郎と名づけ、そのタイミングで夏妃と入籍した。

竜太は父親らしく働いた。

初めて自分を誇らしく感じた時期だった。ひそかに「まじめ」に憧《あこが》れがあった。子供の世話は夏妃がやり、竜太は外に出て働いて、給料をもらって帰る。あたりまえだけど、自分はすごいことをやっている気持ちになった。人に頼られるという、今まで経験したことのない幸せを感じた。

時には酔っ払って喧嘩もしたし、寝坊して仕事に遅刻することもあった。根っこがだらしないので、完璧《かんぺき》にはできない。だが、それをいうなら鳥越社長もだらしない人で、よく遅刻したし、いろんなミスをした。

ゆるい会社だったので、竜太もそれなりにやることができた。

そのうち汐緒里が生まれた。女の子は格別にかわいかった。このころが幸せの絶頂期だった。家に帰るのが楽しくて仕方なかった。

だが、結局、自分でダメにしてしまう。

志郎は小学生になると、急に態度がよそよそしくなった。たぶん志郎なりに、顔の傷跡、小指のない左手、背中の入れ墨の意味が分かってきたのだろう。竜太に対してあからさまに距離を取るようになった。だが、こっちは精一杯働いて、血のつながりのない志郎を育ててやっているのに、感謝も尊敬もなく、そんな態度で来られたら、大人げないとは思いながらも、腹立たしくなってくる。

逆に汐緒里はかわいくて仕方ない。こっちは正真正銘、自分の子供である。その汐緒里がお兄ちゃん子になればなるほど、嫉妬《しっと》のようなものも生まれて、ますます志郎が憎らしくなる。竜太は口が悪いので、言葉のはしばしにそれが出る。負けん気の強い志郎は、いっそう反抗的になってくる。

そして決定的だったのは、仕事を失ったこと。

鳥越社長の持病が悪化して、会社経営を続けられなくなり、運送会社をまるごと大手に売り渡した。今の従業員は、そのままの雇用条件で新会社が引き継ぐことになっていた。だが、新会社は、元ヤクザで入れ墨のある竜太だけは例外として、雇用契約に応じなかった。鳥越社長は抗議してくれたが、売却後だったので、あとの祭りである。その鳥越社長も、まもなく亡くなってしまった。

無職になり、再就職先を探したが、やはり鳥越社長のような人はめったにいないのだろう。不採用が続いた。家にいれば、志郎がいやな目で見てくる。汐緒里が兄にくっついて歩いているのも、おもしろくない。

やむなく夏妃は、汐緒里を保育園に入れて、外で働きはじめた。老舗《しにせ》うなぎ屋の接客係である。出会ったころは蓮《はす》っ葉《ぱ》なところがあった夏妃だが、子供二人を産んで、すっかり丸くなっていた。仕事は楽しいようで、給料も悪くなかった。まだ小さい汐緒里の面倒は、志郎が見るようになった。

それはそれで、竜太はおもしろくない。

自分はこの家族には必要のない存在のように思えてきた。除け者にされた気がして、いじけた。就職活動もいやになって、家でごろごろするようになった。志郎は学校に行き、汐緒里は保育園に行き、夏妃は仕事に行く。自分だけ、なんの役割もない。夏妃は何も言わなかったけど、志郎は軽蔑の目で竜太を見てくる。

すべては、この顔の傷跡と小指のせいなのだ。

あの日の悪夢は、今でも見る。辺野がドスを持って迫ってくる。その恐怖体験が、トラウマとして体に刻み込まれている。

日中、することがなく、酒でも飲んでいるしかない。

結局、自分にできることは犯罪くらいしかないのか。酒を飲みながら、そんなことを考えるようになった。

たまには本でも読もうかと思った。夏妃は本をたくさん持っていて、段ボール箱に文庫本が百冊くらいあった。夏妃がどんな本を読んでいるのか、少し興味もあり、箱を開けて、ひらがなが多そうなものを探した。

ふと開いたページに、それがあった。一枚の写真。

若い男女が写っている。

女は夏妃である。今より若い。たぶん二十代のころだろう。

横に立つ男も、同じくらいの年ごろだ。すらっと背が高く、目元に涙袋がある。きざったらしい身なりで、目の下のホクロに特徴がある。

夏妃の昔の彼氏だろうか。だが、問題はそこじゃない。この男、どこかで見たことがある気がした。しばらく考えて、分かった。

そう、こいつ、オリエの社長だ。たしか織江凌といったはずだ。

最近、暇なので、昼間のテレビをよく見ている。その昼間のワイドショーにちょくちょく出てくる。オリエの事実上のトップである織江三紗と、魚住家の二人の姉との確執が、よくネタになっているからだ。

驚きはそれだけではなかった。あらためて見ると、織江凌は志郎と似ている。顔の特徴に、その面影《おもかげ》がある。

間違いない。こいつが志郎の父親だ。

写真からは、タバコの匂いがした。

昔、夏妃はヘビースモーカーだった。竜太と出会ったころは、まだ吸っていた。

夏妃の私物のなかには、他に織江凌に関するものはないので、すべて処分したのだろう。なにか理由があってこの写真だけ残しておいたのか、単に本に挟んだまま忘れてしまったのかは分からない。

写真を見た瞬間に、ヤクザの直感が走った。

「こいつは喰《く》える」

脅迫する相手のことを骨の髄まで調べろ。ヤクザの鉄則である。込野がよく言っていた言葉でもある。

株式会社オリエ、そして織江凌本人を徹底的に調べあげた。そこに夏妃の妊娠時期を重ねあわせると、次のように推測することができた。

織江凌と夏妃は付き合っていた。ただし、凌が社長になるまえだ。そのときはまだ父が社長で、次期社長には兄が就く予定だったから、凌は遊んでいられる立場だった。だが、父が病気になり、社長を継いだ兄が突然、ヘリコプター事故で死んだ。それによって凌が社長になったが、株価は急落し、倒産の危機になる。

凌と三紗が結婚したのは、ちょうどそのタイミングである。三紗が凌を見初めて、お見合い話が進んだといわれている。三紗が妻になり、妻の実家である魚住商事からの支援によって、オリエは再建される。

おそらく夏妃は捨てられたのだ。凌は社長になったが、自力再建は難しい。そのタイミングで、三紗との見合い話が持ちあがる。三紗と結婚すれば、魚住商事からの支援を受けられる。凌は三紗を取り、夏妃を捨てた。

だが、その時点で夏妃は、凌の子供を身ごもっていた。

竜太と出会ったのは、その直後。

凌は、夏妃が自分の子供を産んだことを知っているのだろうか。たぶん知らないと思える。だが、そこはどうでもいい。

問題は、織江三紗だ。

三紗は、そのことを知っているのか。凌に隠し子がいることを。

たぶん知らない。

もし知ったら、どう反応するか。

凌は肩書きだけの社長で、実権は三紗が握っている。三紗は「女帝」と呼ばれるほど、気性が荒い。金持ちの三女として甘やかされて育ったせいで、まさに女帝としての性格を形成した。別名、「女信長《のぶなが》」。他人の意見は聞かないし、自分に逆らう者は許さない。SNSで問題発言をして炎上するなど、トラブルも多い。

特に魚住家の二人の姉とは骨肉の争いにある。美人三姉妹ではあるのだが、みんな性格が悪い。おたがいの旦那《だんな》や子供の悪口をネットに書き込むなど、姉妹でののしりあう醜《みにく》い姿がワイドショーのネタになっている。

そんな彼女が、もし自分の溺愛する息子の准一に、腹ちがいの兄がいると知ったら、どう反応するか。

凌はそれを恐れるはずだ。なら、ゆすれる。

ヤクザ時代に学んだやり方で、織江凌に接触した。夏妃の夫だと名乗り、志郎の写真を見せた。凌は、それですべてを理解した。その表情を見るかぎり、やはり夏妃が自分の子供を産んでいたことは知らなかったようだ。

当然、三紗も知らない。

週刊誌に売るぞ、と脅すと、凌はすんなり金を出した。金銭のやり取りは、証拠が残らないように、すべて現金手渡し。名目は、志郎の養育費である。凌は妻には頭があがらないが、金だけは自由になる身のようだ。

これまでに脅し取った金額は、合計で一千万を超える。

その金はすべて、酒と下らない遊びに消えた。

楽に金が手に入ると、働くのがいやになった。もとの怠惰な人間に戻った。

夏妃には何も話していない。

金がなくなると、凌のところに行く。そんな生活がずっと続いている。

——助手席の夏妃は、ぐったりと目を閉じている。

だが、もう眠ってはいない。ときおり目を開けて、窓の外を見る。今の夏妃は、空気の薄いエベレストを登っているような状態だ。

夜の道はすいている。前方に明かりのついたコンビニが見えたので、その駐車場に車を入れた。

「俺、トイレに行ってくる。おまえは?」

「私はいい」

「プリンも買ってくる」

「うん。……あと、タバコも。アメスピのイエロー」

「タバコ? ……ああ、分かった」

エンジンをかけたまま、夏妃を残してコンビニに入った。トイレで小便をすませて、一番高いプリンとオレンジジュース、タバコと百円ライター、懐中電灯と電池、自分用に焼きそばパンとコーヒーを買った。

車に戻り、車内のライトをつけた。プリンのフタを開け、オレンジジュースにストローをさしてから、夏妃に渡した。

夏妃はプリンをすくって食べる。すべての動作が遅く、プリン一個を食べ終えるのに五分もかかった。

「うまいか?」と竜太は聞いた。

「うん」

「そうか。そりゃよかった」

夏妃はオレンジジュースを半分だけ飲み、それからタバコに手をのばした。竜太が箱を開けて、一本くわえさせた。ライターを使って、火をつけてやった。夏妃は車の窓を少し開けて、煙を外に吐きながらタバコを吸った。

しかしそれも虚しくなったみたいに、三回吸っただけで、車にそなえつけてある灰皿でつぶして火を消した。

「ぜんぜんおいしくないね。なんでこんなもの、吸ってたんだろ」

夏妃はぼやいた。

「志郎を妊娠したとき、タバコはやめたけど、吸いたい気持ちは残ってたんだ。タバコを吸ってるお母さんの姿を、子供たちに見られるのはいやだったから、ずっと我慢してた。二人が自立して家を出ていったら、思いきり吸ってやろうと思っていたけど、いざ吸ってみたら、うまくもなんともない」

夏妃の過去を、竜太はまったく知らない。前職も出身地も最終学歴も知らない。ただ、ヘビースモーカーだったことは知っていた。志郎を妊娠してやめたが、当時は禁煙するのに苦労していた。

竜太は焼きそばパンを食べたあと、懐中電灯に電池を入れた。

「行こうか」と竜太は言った。

駐車場を出て、車を走らせる。神社までそう遠くない。十三年前のあの日、八王子のゴルフ場から、とほうもない距離を歩いて、あの神社にたどり着いたと思っていたが、あとで距離を測ってみたら、直線で十キロもなかった。

町を出て、林道に入った。ほぼ真っ暗の道だ。

行けるところまで行って、車を停めた。ここから神社まで少し歩かなければならない。

車を降りて、懐中電灯をつけた。

夏妃はよろよろして歩けないので、竜太がおんぶした。歩いて鳥居をくぐり、神社に入った。もちろん誰もいない。

「変わらねえな、ここは」

十三年前にタイムスリップしたような気がした。

この神社は年を取らない。あのときのまま。いまだに名前さえ知らない神社である。なにせカーナビにも載っていない。

賽銭箱の前まで来て、夏妃を下ろした。

「立てるか？」

「うん、大丈夫」

夏妃は自分の足で立って、財布から小銭を取りだした。賽銭を投げてから、二礼二拍手して、かなり長い時間、何かを祈っていた。

竜太も夏妃のまねをして、賽銭を入れてお祈りした。でも、何を祈ったらいいのか。夏妃が助かりますようにと祈るのは、もはや気休めにもならない。みんなが幸せになれますようにと、柄にもないことを祈った。

「ちょっと休む」

夏妃は言って、賽銭箱の横に腰を下ろした。

竜太は、あのアミダニョライの顔をもう一度見てみたいと思って、社殿に入ろうとしたが、戸が閉まっていて開かない。十三年前のように蹴り壊すわけにはさすがにいかず、夏妃のところに戻った。

夏妃は賽銭箱に寄りかかるように腰かけていて、肩をがっくり垂れていた。真冬の気温で、風が冷たい。夏妃の顔色がひどく悪くなっていた。

やはり無謀だったかもしれない。

竜太は言った。「夏妃、病院に戻ろう」

夏妃は首を横に振った。「家に、帰りたい」

「家? 家って、あのボロアパート?」

「そう。ボロでも、十年以上も住んだ私たちの家だから」

「分かった。とにかく暖かいところに行こう」

竜太は腰をかがめて、夏妃をおんぶした。急ぎ足で、来た道を戻った。急に不安が増してくる。免疫が低下しているのに、風邪でもひいたら命取りになる。神社を出て、車に戻った。助手席に夏妃を乗せた。

エンジンをかけて、暖房をマックスでつけた。車を走らせた。

助手席の夏妃は、シートベルトに支えられて、どうにか体を起こしている。暖かい車のなかで、少し落ち着いた様子だった。

しばらくして、夏妃が言った。

「志郎と汐緒里のことだけど」

竜太は運転しながら言った。「ああ、うん、なに?」

「私が死んだら、貴道さんのところで預かってもらうことになってるから」

「…………」

「相談もなく、勝手に決めてごめんなさい。法的には――」

「ああ、そんな説明はいいよ。まあ、当然だわな。それでいいんだよ、夏妃。実は昨日、貴道がうちに来たんだ。だから、話は聞いてる。あいつ、別の会社に就職するとか言ってやがったけど、どこの会社か知ってる?」

「うん、でもあなたには教えないでって言われてるから」

「へっ、あのやろう。俺にゆすられるとでも思ってんのかな。そうそう、昨日は千客万来だったよ。志郎の担任と、児童相談所のやつも来た。みんな、志郎と汐緒里のことを心配してんだな。心配してねえのは、父親だけってか。まあ、貴道が預かってくれんなら、安心だ。あいつはお兄様には冷たいけど、頼まれたら断れねえ、いい性格してるからよ。ガキの面倒は俺には無理だしな。そんなら俺は楽でいいや。ああ、俺のことは心配すんな。俺一人なら、なんとかならあ」

「あなたのことは心配してない」

「そうか。へへっ」

当然の結果だった。竜太に父親の資格がないのは、自分でもよく分かっている。貴道に二人の子供を預かる意志があって、経済的な心配がなくなったのなら、誰だってそうしたほうがいいという結論になるに決まっている。

志郎や汐緒里とは、今後、赤の他人として生きていく。夏妃がそれを望むなら、それでいいと思えた。

「それからもう一つ」と夏妃は言った。「織江凌のことだけど」

「……やっぱり知ってやがったのか、おまえ」

「うん」

「なんで?」

「そりゃ気になるでしょ。働いてもいないのに、なんであんなにお酒を飲むお金があるのかって。あんたが酔っ払ってるとき、財布を見てみたら、札束が入ってるし。それから、ズボンのポケットにオリエの本社ビル近くにあるコンビニのレシートが入ってたり。そういうところから推理して」

「筒抜けだったわけか。でも、だったらなんで黙ってたんだ?」

「いい気味だと思ってた。あんたからこづかいをせびられるより、あの男から奪い取ってくれるほうが都合よかったし」

「そうか」

「でもなんで、織江凌が志郎の父親だと分かったの?」

「写真だよ」

赤信号で止まったとき、財布から折りたたんだ例の写真を取りだした。それを開いて、夏妃に渡した。

「おまえの持ってる文庫本に挟まっているのをたまたま見つけたんだ。ワイドショーでよくやっている時期だったから、ぴんときた。織江凌の隠し子なら、ゆすりのネタになると思った。案の定、ぽんと札束をくれたよ」

「そのこと、誰かに話した?」

「話すわけないだろ。大事なゆすりのネタだ。宝物の隠し場所を誰かに話すようなバカはいねえよ」

夏妃は、小物入れに置いておいた百円ライターを手に取った。火をつけるなり、写真をかざして燃やした。

「お、おい」

運転中なので、とっさに手を出せなかった。

写真は、夏妃の手のうちで半分ほど燃えた。織江凌の顔が燃えたところで、夏妃は窓を開けて、写真を火のついたまま外に捨てた。


自宅の駐車場に着いて、車を停めた。夏妃はいくらか体調がよくなったようだった。シートベルトを外して、自分の足で降りた。

「大丈夫か、おんぶしなくて」

「うん、平気。少し気分がよくなってきた。自分で歩ける」

駐車場を出て、自宅アパートに戻った。夏妃はアパートの階段を、手すりにつかまりながら一歩ずつしっかり歩いた。自宅の鍵を開けて、なかに入った。明かりをつけて、こたつのスイッチを入れた。

夏妃はこたつに入り、ふうーっと大きく息をついた。

「やっぱり家が一番落ち着く」

「お茶でも入れるか。紅茶があったよな」

「お酒飲みたい」と夏妃は言った。

「酒？　いや、ないぞ。買ってこないと」

「あるよ。子供部屋の押し入れにあるおもちゃ箱を開けてみて」

「おもちゃ箱？　まえに俺が作ったやつ？」

志郎と汐緒里が小さかったころ、竜太が作ったおもちゃ箱があった。捨てられていた木箱に、竜太がフタをつけて色を塗ったものだ。

子供部屋の襖を開けて、押し入れを見た。上段にその木箱があった。なかに汐緒里のぬいぐるみや絵本、志郎の変身ベルトやペットボトルロケットが入っていた。それらをかき分けると、底にワインのボトルが三本入っている。

「なんで、こんなところにワインがあるんだ？」

「あんたが見つけたら、勝手に飲んじゃうと思って隠しておいたの」

「でも、これ、すげえ高いやつだろ」

「大昔だけど、キャバクラで働いていたとき、株で儲けたっていう常連客のジジイがいてさ、私のこと気に入っちゃってね。で、うちの店長に頼んだらしい。店長から直々に、一度抱かれてくれって頼まれて、むかついたから辞めてやった。退職金代わりに店のワインを三本盗んで、ジジイのツケに回しといた」

「へえ、キャバ嬢だったのか、おまえ」

「これはシャトーなんとかってやつ。うちの店で飲んだら、一本五十万」

「すげえな、なんだそれ」

「台所の引き出しに、ワインオープナーがあるから取ってきて」

竜太がワインオープナーを持ってくるが、開け方が分からない。

「これ、どうやって開けるんだ？」

「貸して」

夏妃は、ワインオープナーのナイフで、キャップを包んでいるシールをはがした。スクリューをコルクに刺して、回しながら押し込んでいく。

だが、握力がないので、うまく回らない。

竜太が代わった。夏妃が「ストップ」というところまでスクリューを回した。そしてフックを瓶《びん》の口に引っかけて、テコの原理でコルクをゆっくり引き抜いていく。コルクがすぽんと抜けた。

「ワイングラス、あったよな」

竜太は、ワイングラスを二つ持ってきた。こたつに入って、ワインを二つのグラスに注いだ。一つを夏妃が取った。

「乾杯！」

グラスを合わせて、夏妃は一気に飲みほした。

「ああ、おいしい」

夏妃はもともと酒が好きだった。だが、酒もタバコも子供ができて、やめた。すべてを犠牲にして、いいお母さんを演じてきた。

竜太も飲もうとしたが、グラスを口元まで持っていって、やめた。

「どうしたの？」と夏妃が言う。

「ああ、実はもう、酒はやめようと思ってたんだ」

「なんで？」

「さあ、なんとなくだ」竜太はグラスをテーブルに置いた。

夏妃が突然、竜太の頭をひっぱたいた。

「いてえ。なにすんだ」

「つまんねえやつだな、竜太。これが最後の酒だから、一緒に飲もうって言ってんじゃねえか。冷めたこと言いやがって」

「ああ、まあ、そうだけど」

「じゃあ、おたがい、これが最後の酒ってことにしよう。私は死んじゃうし、あんたはこれっきり禁酒。この三本が最後、いいね」

「……分かった。これが最後の酒だ。そうとくりゃあ、あらためて乾杯」

竜太はグラスを合わせて、一気に飲みほした。

「めちゃくちゃうまい。なんだこれ」

「でしょ。今日、病院を抜けだしてきたのは、これを飲むためだったのよ。志郎や汐緒里が成人したら、一緒に飲もうと思って隠しておいたんだから」

夏妃はたどたどしい手つきで、ボトルを取った。自分のグラスにワインを注ぎ、竜太のグラスにも注いだ。

「ほら、飲め、竜太」

「……ああ」

竜太が一気飲みすると、夏妃はおおげさに拍手して、またワインを注いだ。夏妃と交互に飲みほして、あっさり一本空けてしまった。

「もうなくなったぞ、竜太。気が利かねえな。はやく次、開けろよ」

「分かったよ」

さっきの要領で、もう一本ワインを開けた。すると突然、夏妃が竜太の頭を思いきりひっぱたいてきた。

「こっちも開けろ、バカ竜太。今日で全部、飲みきっちゃうんだから」

「いちいちぶつなよ。なんだよ、そのテンションは」

すでに酔っているのか、夏妃は妙なテンションになっていた。頰に赤みがさし、かえって健康になったように見える。

「かんぱーい！」

三本目のワインも開けた。夏妃はなみなみ注いで、グラスを高く掲げた。がぶがぶと下品に飲みほした。

二本目のワインも空になり、夏妃は三本目に手を伸ばした。

「あー、気持ちいいなあ」

夏妃は言って、こたつのテーブルに顔を寝かせている。

「ずっとさ、あんたのことがうらやましかったのよ」

「は？」

「あんたみたいに働かないで、毎日お酒を飲んで、ぐうたら暮らしたかったって言ってんの。根っこは怠け者だからね。志郎や汐緒里の前では、無理して張りきって、立派なお母さんを演じてきたけど、本当はこうやってだらだらするのが一番好きなのよ。勉強も労働も、だいきらーい」

夏妃は、竜太のグラスにワインを注いだ。

「飲め、竜太。一気だ」

「……ああ」

竜太がワインを一気飲みすると、夏妃はからからと笑った。

「竜太、楽しかった」

「ん？」

「竜太、愛してるよ」

「なんだよ、よせよ」

「今までありがとう」

「そんなこと言うなよ。感謝されるようなことはしてねえし」

「そんなことないよ」

夏妃はそれだけ言うと、こたつのテーブルに突っ伏して眠ってしまった。竜太は、夏妃の肩に毛布をかけた。

三本目のワインが半分残っている。竜太は自分でグラスに注いで、飲みほした。空のグラスを置いたら、涙が出てきた。

自分が情けなかった。

今まで何をやってきたのだろう。夏妃を働かせて、子供の面倒を見させて、自分は働きもせず、恐喝した金で酔っ払っていただけ。

夏妃が病気になったあとでさえ、何も変えようとしなかった。

なのになぜ、夏妃はこんな俺を見捨てず、ずっと一緒にいてくれたのだろう。

「ごめんな、夏妃」

眠っている夏妃の頬をなでた。

「ごめん、夏妃、許してくれ。……死ぬなよ、夏妃。俺を、一人にしないでくれ。どこにも行かないでくれ。俺を置いて――」


物音がして、目がさめた。

部屋の明かりはついている。こたつも暖かいまま。

いつのまにか眠っていた。

テーブルに、空のワインボトル三本と、ワイングラス二つ。軽い頭痛。

夏妃がいなかった。

「あれ、夏妃？」

テーブルに書き置きがあった。夏妃の文字だった。「タクシーで病院に帰ります」とだけ書いてある。

「なんだ、病院に帰ったのか」

そういえば、朝には戻ると病室にメモを残してきたと言っていた。竜太は飲酒しているので、車では送れない。電話でタクシーを呼んだのだろう。

「今、何時だ？」

テレビをつけようと思った。朝なら、テレビの隅に時刻が表示されている。リモコンを取ってテレビに向けたところで、気づいた。

テレビ台の下に、夏妃のスマートフォンが立てかけられている。オレンジ色のスマホケースで、笹《ささ》の葉をくわえながら居眠りしているパンダの絵が描かれている。そのスマホの背面がこちらに向いていた。

「夏妃のやつ、スマホを忘れてやがる」

あとで病院に届けようと思ったが、まだ酒が残っていて、起きるのも面倒くさい。テーブルに顔を伏せた。また、うとうとしかけたところで、

突然、首に何かが巻きついた。そのまま引きあげられ、首を絞められる。

背後に誰かいる。

背負い投げのようなかたちで、首に巻きつけた紐《ひも》を引きあげてくる。紐が首に食い込んだ。体をよじるが、うまくいかない。紐を外そうとしても、皮膚に深く食い込んでいて、指を入れる隙間もない。

すぐに息が苦しくなってくる。もう一度、あがいてみるが、うまくいかない。

苦しい。息が吸えない。

誰だ？　なぜ俺が？

突如、幕が下りたように視界が真っ暗になり、何も聞こえなくなった——

# 12

近づいてくる殺気で、沙羅は目をさます。体を起こして、布団をどけた。

山に入ってくる殺気が、一つ、二つ、三つ。

三人いる。じょじょに近づいてくる。

「志郎、汐緒里、起きて」

空き家の居間に、布団を川の字に並べて眠っている。

沙羅はランタンの明かりをつけて、志郎と汐緒里を揺すって起こした。

「んー、なんだよ、沙羅」志郎が目をこすりながら言う。

「危険が近づいている」

「危険？　なんだよ、危険って」

「いいからすぐに起きて。ほら、汐緒里ちゃんも」

寝ぼけまなこの二人の首根っこをつかんで、むりやり布団から引きずりだした。

「なにすんだよ、沙羅」と志郎。

「遊びじゃないの。言うことを聞きなさい。そのままのカッコでいいから。ほら、二人ともジャンパーだけは着て」

二人ともぐずっているが、上着だけは着せた。布団をふくらませて、三人とも眠っているように偽装してから、ランタンを持って外に出た。

「ねえ、沙羅ちゃん、どうしたの？」と汐緒里。

「静かにして。声は出さない。すみやかに行動する。ほら、急いで」

殺気が近づいている。すぐそこまで来ている。

偵察ではない。殺意のレベルが今までとちがう。確実に殺しに来ている。

戦いは避けたい。子供たちを避難させるほうが先だ。

ランタンで足元を照らしながら、前に進む。沙羅の真剣な顔を見て、二人も冗談ではないと悟ったらしい。文句を言わずについてくる。

空き家から五十メートルほど離れた場所にある大木の根元に来た。沙羅が木に登り、手をのばして志郎と汐緒里を引きあげる。三人で登れるところまで登って、太くて安定した枝のところに座らせる。

「いい？　絶対に声を出さない。音も立てない。この枝をしっかりつかんで、何があってもじっとしてて。いいね」

沙羅はランタンの明かりを消した。

まだ日の出まえ。真っ暗になる。志郎や汐緒里の目には何も見えていないはずだが、夜目がきく沙羅には少し分かる。

三つの影が現れる。空き家に近づいていく。

敵は三人いる。三人とも暗視ゴーグルをつけている。先頭にいる長身の男が、リーダーっぽい。空き家の内部をのぞき込み、あとの二人にひそひそ声で指示を出している。距離があるので、沙羅にも聞きとれない。

三人は五分ほど、空き家の周辺を調べていた。それから、先ほど志郎が風呂を沸かしていた竈のあたりに集まっている。一人が枯れ葉を集める。リーダーが音をたてないように窓のガラスを割り、紙に火をつけて、空き家のなかに放った。部下の二人がそこに枯れ葉を投げ入れた。

三人は空き家から離れた。数分は何も起きなかった。やがてもくもくと、割れた窓から煙が出てきた。次の瞬間には炎が噴きだして、広がった。

「あっ」

と沙緒里が声を出しそうになったので、沙羅はとっさに口をふさいだ。

炎が風にあおられて、縦横無尽に暴れだす。煙が激しく立ちのぼる。そこからはあっという間だった。炎はまるで竜のごとく、とぐろを巻いて燃えあがった。ものの数分で空き家全体にまわって、包み込んだ。

三人はそれを見て、立ち去っていく。

三人の動きは連携が取れていて、やり慣れている感があった。そしてすべて計算ずくの動きである。冬の乾燥した空気、強い風とその向き、そして竈のあたりから火をつけたのは、のちに火事現場の検証が行われたとき、放火ではなく、竈の火の消し忘れが燃え移ったと判断させるためだろう。

志郎と汐緒里が二人だけで眠っていたら、たちどころに室内に煙がまわって脱出不可能になり、火に焼かれるまえに酸欠で死んでいたはずだ。

三人が去って、二十分後には屋根が崩れ落ちた。建物の原形はなくなり、ごうごうと燃えあがる炎のかたまりとなった。

「燃えちゃった……」と志郎が言った。

「よし、下りよう」沙羅は言って、木から下りた。

沙羅は火事場跡を調べた。

三人組が火を放ったあたりを見たが、放火の痕跡は残っていなかった。これだと、たとえ警察が検証したとしても、放火とは断定できないと思う。仮に断定できたとしても、こんな山奥では犯人を特定しようもない。

あの三人組からは強い殺意を感じたが、やはり憎悪や欲望はなかった。淡々と目的を遂行したという印象である。ただ、一緒にいた沙羅を巻き添えにしてもかまわないという強固な意志は持っていた。

幸い、山には燃え移らなかった。まだ火は残っている。志郎と汐緒里は、自分たちの城が燃えた残り火を茫然《ぼうぜん》と見つめている。

志郎が言った。「沙羅、あいつら、誰だ？」

「ん？　ああ、見えてたの？」

「三人いた。あいつらが火をつけたんだ。警察を呼んでそのことを――」

「無駄だと思うよ。放火の痕跡は残っていない。子供が火を消し忘れて家を燃やしちゃって、それで困って放火されたって嘘をついているだけだと思われるのが関の山だね。現行犯で捕まえたんならともかく」

「でも」

「そもそも、空き家に勝手に住んでいるのはこっちだからね。むしろ私たちがこの家の持ち主に損害賠償を請求されかねないよ」

「…………」

「ま、これで分かったね。子供だけでこんなところで生活するのは無理だってこと。なにかあったときに、死ぬのは志郎一人じゃない。汐緒里ちゃんまで巻き込むことになる。志郎、そんな権利があなたにあるの？」

志郎は両手の拳を強く握り、唇を嚙みしめていた。

次第に夜が白んでくる。

「とにかく山を下りよう。このカッコじゃ寒いし、食べ物もないし」

沙羅は、空き家を脱出するまえに、二人の財布だけは持ちだしていた。それを二人に渡した。財布には自宅の鍵なども入っている。

明るくなるのを待って、三人で山を下りた。


自宅アパートに着くまで、志郎と汐緒里はほとんど声を発しなかった。

沙羅は、汐緒里と手をつないで歩いている。汐緒里は睡眠不足と前日からの疲労で、頭が回っていない。

「汐緒里ちゃん、大丈夫?」

「うん」と汐緒里は小さくうなずく。

アパートの前まで来て、志郎が立ち止まった。

「あいつ、いるかな」

沙羅は言った。「いや、いないみたいよ」

「なんで分かるの?」と志郎が素朴に聞いてくる。

「なんとなく」

志郎たちの部屋に、人がいる気配がない。部屋の外にいても、沙羅の五感なら気配くらいは感じとれる。

志郎は半信半疑のまま、アパートの階段を上がった。二階の廊下に立った。

「俺、ちょっと見てくる。沙羅と汐緒里はここにいて」

志郎は一人で部屋に向かった。

そのとき、気づいた。なにかある……。

「志郎、待ちなさい」

志郎が立ち止まり、振り向く。「な、なに？　沙羅」

沙羅は、汐緒里とつないでいた手を離した。汐緒里をそこに残し、志郎のところに歩いていく。宮沢家の部屋の前に立つ。感覚で、室内を探る。

ちがう、この部屋じゃない。

奥にある、隣の部屋。

そこになにかある。人の気配ではないが、空気がよどんでいる。罠か？

「志郎、こっちの隣の部屋には誰が住んでるの？」

「誰も住んでない。前は沼田《ぬまた》さんっていうおじいちゃんが住んでたけど、娘さんのところに引っ越して、半年間ずっと空いてる」

「志郎はそこにいて」

沙羅は、隣の部屋のドアの前に立った。気配を探る。

志郎は言った。「ドアの鍵は開いてるよ」

「なんで?」

「あいつがピッキングで開けたから。空き部屋だから、使っちまおうとか言って。たまにゴミとか、そっちの部屋に置いといたりする」

あいつとは、父だろう。沙羅がドアノブを回すと、確かに鍵はかかっていなかった。ドアを開き、開け放したまま、土足で部屋にあがった。完全に空き部屋で、家具はない。カーテンも閉まっている。

押し入れがある。そこから匂いがもれてくる。なにかある。

沙羅は押し入れの襖を開けた。

開けた瞬間、何かが倒れてきて、沙羅の足元に崩れ落ちた。

人間の死体だった。

座った状態で中に押し込まれていて、襖を開けたら、上半身が倒れてきた。死臭以上に、アルコールの匂いがする。

中年の男である。顔に傷跡、小指のない左手、顔に殴られた生々しいアザ。つまり志郎たちの父親である宮沢竜太。

目は開いているが、白目である。口が半開き。

首に紐のアザがついているから、絞殺されたのだろう。完全に死んでいるが、触れてみるとまだ温かい。殺されて間がない。

「さ、沙羅……、そ、それ……」

振りかえると、志郎がドアから顔を出している。

その後ろから、汐緒里が顔を出した。

「お父さん?」

汐緒里は目を大きく見開いて、絶叫した。

「お父さん! ……お父さん!」

「汐緒里ちゃん、入ってきちゃダメ」と沙羅は言った。「志郎、止めて」

汐緒里が部屋に入ろうとするのを、志郎がとっさに腕をつかんで止めた。

「汐緒里、落ち着け」

「お父さん! お父さん!」

汐緒里は、志郎にはがいじめにされて、もがいている。

「ちょっと、どうしたの? 志郎くん? 汐緒里ちゃん?」

部屋の外で、中年のおばさんの声がした。汐緒里の声を聞きつけて、同じアパートの住人が出てきたのだろう。

ちっ、と沙羅は舌打ちした。警察に通報されるのはもう避けられない。とはいえ、沙羅が地上の記録に残るわけにはいかない。死体の第一発見者として、聴取を受けるだけでもアウト。いったんこの場を離れるしかない。

沙羅は言った。「志郎、私のことは警察に話さないように」

「えっ」

それだけ言い残し、沙羅は部屋の窓を開けて、二階から飛び下りた。地上にぴたりと着地し、そのまま走り去った。


アパートの前に、パトカーが止まった。

アパートの住人らしき中年女性が、警官と話している。警官が死体を発見し、その二十分後、複数のパトカーが立てつづけに到着した。アパートには立ち入り禁止の黄色いテープが張りめぐらされた。

志郎と汐緒里がいる。刑事らしき男と、しばらくのあいだ話していた。

志郎は毅然《きぜん》としている。汐緒里も今は落ち着いているが、表情は不安げで、志郎の服のすそをつかんで離さない。

鑑識が現場に入っていく。マスコミが押し寄せるころには、志郎と汐緒里はパトカーに乗せられて連れていかれた。

沙羅は、少し離れたマンションの屋上にいて、遠目で観察している。

死体発見から二時間後、志郎たちがパトカーで連行されたのを見て、沙羅もその場をあとにした。おそらく夏妃のところにも警察が向かっているだろう。歩いて、夏妃のいる病院に向かった。

そのまえに腹ごしらえ。病院前まで来て、近くにある喫茶店に入った。朝食に、エスプレッソとフレンチトーストを頼んだ。食べていると、店の奥でリリーンと固定電話が鳴った。しばらくして女性店員が声をかけてきた。

「あの、お客様。サラ様ですか？」

「そうです」

「お電話が入っています」

沙羅はナプキンで口を拭《ふ》いた。席を立ち、奥にある店の固定電話まで歩いた。受話器を取って、電話に出た。「もしもし」

「吏利琥です」閻魔つき秘書官の吏利琥の声だった。「指示をお願いします」

「私の状況は分かってる？」

「はい、把握しております」

「お金ももうないし、霊界に戻りたい」

「すでに準備を進めています。そちらの時間で、一時間後には切れ目を入れて、私が地上に下りてお迎えにあがりますので、その場でお待ちください」

「一時間後ね」

「はい」

「父と母にはバレてないよね」

「そこらへんは抜かりありません」

両親に断りなく、無断で地上に下りたあげく、帰れなくなってこんな騒動に巻き込まれたことがバレたら、大目玉ではすまない。吏利琥のことだから、すべてを極秘に進めてくれていると思っていた。

沙羅は礼を言わない。吏利琥は閻魔の手であり足である。脳がいちいち手足に礼を言う必要はない。

電話を切って、席に戻った。トーストを食べ、エスプレッソを飲みほした。

「さて」と沙羅は声に出してつぶやいた。

沙羅の関与はここまで。沙羅がこの地上に長居する理由はもうない。人間界のごたごたにこれ以上関わることは、ルール違反の干渉にあたる。とはいえ、吏利琥が迎えに来るまで、あと一時間ある。

会計をすませて店を出た。

病院ではなく、その向かいにある商業ビルに入った。非常階段をのぼっていく。夏妃の病室がある階と同じ高さまで上がって、病院のほうを見てみると、ちょうど夏妃の病室が見えた。カーテンが開いている。

夏妃がリクライニングを起こし、ベッドに座っている。その横に汐緒里がいた。志郎はいない。刑事らしき男が三人、夏妃に向かって何かを話している。夏妃はせっぱつまった表情をしていた。

大人たちが話し込むなか、汐緒里がふいに窓の外に目を向ける。

沙羅は手を振った。汐緒里が、向かいのビルの非常階段にいる沙羅を見つけて、ハッとする。沙羅は、人差し指を唇の前に立てて、「しっ」と言ったあと、手招きして「こっちにおいで」と合図した。汐緒里はうなずいて、話し込んでいる大人たちの目を盗んで、こっそり病室を抜けだした。

沙羅は非常階段を下りた。病院に向かって歩いていくと、向こうから汐緒里が全力で駆けてくるのが見えた。

「沙羅ちゃん！」汐緒里が抱きついてくる。「沙羅ちゃん、どうしよう。お兄ちゃんが警察に捕まっちゃった」

「落ち着いて。どういう状況か、説明して」

「お父さんが殺されてて、お兄ちゃんが犯人だと疑われているみたい」

「前日に殴ってるからでしょ」

「うん。昨日、近所の人が喧嘩しているのを聞いたって。お父さんの顔に殴られたアザもあるし。それでお兄ちゃんが殺したんだろうって疑われてる」

志郎は小六とはいえ、重い斧を使って薪割りしていた姿を見ても、腕力はかなりある。

泥酔している大人なら、絞殺することも不可能ではない。動機もあるのだから、疑われるのは当然だ。

「でもお母さんは、自分がやったって言ってる。昨日の夜、病院を抜けだしてお父さんを殺したって。でも警察の人は信じてない」

「だろうね。夏妃さんの弱った体では、絞殺は無理だから。志郎の代わりに罪をかぶろうとしているって思われてるんでしょ。それで志郎は?」

「お兄ちゃんは黙秘してる。沙羅ちゃんのことは言えないから。私にも何も言うなって。だから火事のことも話してない」

「律儀に私との約束を守っているわけね」

「どうしよう。ねえ、沙羅ちゃん。昨日からずっとお兄ちゃんと一緒にいたって警察の人に話して。そうすれば犯人じゃないって分かってもらえるはずだから。私が言っても、家族だから信じてもらえなくて」

「それはできない」

「どうして?」

「私はこの地上の存在ではないから」

「……沙羅ちゃんって、いったい誰なの? 沙羅ちゃんは、お父さんを殺した犯人を知ってるの?」

「おおよそはね。与えられた情報を精査し、足りない部分を想像で補えば、可能性の範囲くらいは絞り込める」

「じゃあ」

「でも、謎を解くのは私の仕事じゃない。それは人間自身ですること。神社にお賽銭を入れてお願いしても、なんの意味もない。神頼みするまえに、自分がするべきことをする。そして自分のケツは自分で拭く。それじゃあ、私はもう帰らないといけないから、汐緒里ちゃん、さようなら」

「沙羅ちゃん、待って」

「いい？　汐緒里ちゃん。このあと、あなたたち家族がどうなるかは私は知らない。それはあなたたち家族の問題であり、人間自身でどうにかすること。どうしたらいいのかを一人一人が真剣に考えて、最善と思えることを勇気をふるって行動にうつす。過去は変えられないけど、未来は変えられます。なぜなら、未来は決まっていないから。このままでは悪くなるであろうと予測される未来を変えるためには、考えて工夫すること。その努力を重ねることでしか未来は変わらない。

　これを『天は自ら助くる者を助く』といいます。自力で行動を起こして、どうにかしようとする者に、天は助力を与える。誰かがはじめた行動に、天の助力がくわわって、運命を引き寄せる。このまま座視していたらダメになると分かっているのに、すべてを先送りにして、人まかせ、神頼みにして、何もしなければ、いくら神に祈ったところでどうにもならない。祈りでは未来は変えられないし、念仏では誰も救えません。

一人だけ、まだ何もやっていない人間がいます。今回のことは、その愚か者によって引き起こされた悲劇ともいえます。気持ちはあっても、行動で表さなければ、気持ちがないのと同じです。その愚か者のケツを蹴り飛ばすところまではやってあげましょう。でも、そのあとのことは知らない」

「…………」

「その結末がどうあれ、汐緒里ちゃん、あなたの人生は続いていきます。大事なのは、考えることであり、考え続けることです。この世の中には、数多くの謎があります。そしてすべての謎には、必ず答えがあります。なぜなら原因のない結果は存在せず、結果のない原因は存在しないからです。万物のすべては、必ず原因と結果の因果法則によって成り立っています。

結果をよく観察することです。そこにある手がかりから、論理的推理によって原因を見つけだす。それによって人間はおのれを知り、世界を知る。すべては知ることからはじまります。はじめに言葉ありき。知ったことを言葉にすることで、知識が生まれる。考えたことを言葉にすることで、理念が生まれる。知識と理念をもって行動にうつすことで、世界は造られていく。それをくりかえす。その主体的努力の過程のどこかで、おのずと天の助力は得られて、運命を引き寄せることができるはずです。言ってしまえば、それが人間の人生というものです」

「…………」

「今の汐緒里ちゃんには、まだ分からないかもしれませんが、いずれ分かります。さようなら。もう会うことはないけど、ずっと友だちです」

沙羅は汐緒里に背を向けて、歩きだす。最後に見た汐緒里は、泣き顔だった。涙をぽろぽろ流していた。

喜怒哀楽が高まったとき、人間が涙を流すことは知っている。哀《かな》しくて泣くこともあるし、うれしくて泣くこともある。怒りすぎて泣くことも、悔《くや》しくて、痛くて泣くこともある。笑いすぎて泣くこともある。

泣くという行為は、喜怒哀楽のすべてとつながっている。人間が泣くのは、ストレスの発散であり、感情の循環ができている証拠である。この循環がうまくできる人は、ストレス耐性が高いので、苦しい努力を継続できる。苦しみに耐えるという根性論ではなく、うまく感情を循環させるという脳のスキルの問題である。

逆にこの循環がうまくできない人は、最終的に自死に向かう。うまく泣くことができないから、心が落ち込んだとき、感情が停滞し、鬱々《うつうつ》としてとどこおり、にごり、腐り、自殺する。あるいは、とどこおった感情のはけ口を作るために、DVに走ったり、覚醒剤などに手を出す。

その点、汐緒里は大丈夫。あの年齢で、他の子より多くの試練を与えられ、兄とともに乗り越えていかなければならない状況に置かれてきたからこそ、心が鍛えられている。今は泣いていても、いずれ泣き止《な や》んだときには、心のきりかえができていて、次にどうするか、歩みだしているだろう。

そして同様に、沙羅との約束を守って黙秘している志郎も。

二人はきっと、母の病気が分かってから、そしてもう助からないと悟ったときから、二人だけで戦ってきたのだ。

それにくらべて、バカが一人。

沙羅は振りかえることなく、まっすぐ歩いた。

さっきの喫茶店の前まで来たところで、向こうから自転車をこいでくる吏利琥の姿が見えた。沙羅の手前でブレーキをかけて止まった。

吏利琥は言った。「お待たせしました。急なことで、こんな乗り物しか用意できず、申し訳ありません」

「いいよ」

ママチャリである。吏利琥は、燕尾服《えんびふく》を着て、蝶《ちょう》ネクタイをしている。あわてて地上に下りてきても、髪の毛一本から足のつま先まで、一寸の乱れもない。筋骨隆々の体型をほぼ垂直に立てて、涼しげな顔をしている。めったに笑わない中年男だが、唯一の趣味がオーデコロンという、おしゃれなところもある。

沙羅は自転車の後ろに乗った。荷台には、低反発クッションがついている。

「では、まいります」吏利琥は自転車をこぎだす。「地下の暗渠に、時空の切れ目を作りました。ちなみにタクシーに残した荷物は、別の者がすでに回収しております。志郎くんと汐緒里さんが万引きしたお店にも、親と称して別の者が謝罪にうかがい、盗品の代金を支払って示談をすませております」

「そう。それじゃあ、霊界に戻り次第、父の仕事の代理をしたいんだけど」

「そうおっしゃると思いまして、本日の大王様のお昼ごはんの天丼《てんどん》に、トリカブトとフグの毒を混入しておきました。今ごろは食中毒を起こして、仕事どころではなくなっているはずです」

「さすが、仕事が早いね。でも大丈夫？　死なない？」

「問題ないでしょう。大王様ですから、死ぬことはないと思います」

吏利琥は、車を追い越すスピードで、自転車をこいでいる。沙羅は自然と歌をくちずさんでいた。吏利琥がたずねてくる。

「その歌は、なんという歌ですか？」

「知らない。さっきの喫茶店で流れてた。初めて聴く歌」

「そうですか。そういえば、これほど長い時間、人間界に滞在したのは初めてのことですよね。なにかありましたか？」

「友だちができた」

「なんだか、いつになく楽しそうですね」

「そう？　べつに楽しくもないけど」

沙羅はもう一度、さっきの曲をサビだけ歌った。

路地に入ったところに、今は稼働していないさびれた工場跡があった。吏利琥はブレーキをかけて自転車を止めた。

「着きました。大昔はここに小川が流れていました。この道路の下に暗渠があって、今も小川は流れております」

吏利琥は自転車を降りた。マンホールの蓋《ふた》の穴に指を入れて、持ちあげた。

「ご足労をおかけしますが、この下に切れ目がございますので、そこから霊界にお戻りください。私も所用をすませたら、ただちに戻ります」

「うん。じゃあ、あとで」

「お気をつけて」吏利琥は丁重にお辞儀をした。

沙羅はマンホールに入って、鉄のハシゴをつたって下りていく。下から水の流れる音が聞こえてくる。地下に下りると、時空の切れ目があって、強く光っていた。沙羅はその光のなかに入っていく。

身にまとっている仮の肉体が、その光に溶けだしていって、脱皮するように本来の霊体に戻った。大気圏に突入するように、光の輪に吸い込まれていく。切れ目を通過すると、一瞬、眠りについたようなまどろみがあって、気がつくと霊界に戻っている。この切れ目は、沙羅の自宅ビルの地下二階に通じている。

エレベーターに乗って、家族の居住階で降りた。

リビングダイニングに入って、冷蔵庫を開けた。美容ドリンクと魚肉ソーセージを取って、ダイニングテーブルに向かった。自分の椅子を引いて座ろうとすると、そこに猫のニャーが寝ていた。

「そこはおまえの場所じゃない。どけ」

最近やせたとはいえ、まだ太っている猫。抱きあげて、テーブルのうえに載せた。魚肉ソーセージを包むビニールを、歯で食いちぎってはがす。食べていると、ニャーがじっと舐めるような視線で見つめてくる。

「ひとくちだけだよ」

沙羅は魚肉ソーセージをちぎって、ニャーにあげた。ニャーは、ペロ、ペロと二回舐めたあと、パクリとくわえて飲み込んだ。

ニャーはまだ物欲しげに見ている。でも、もうあげない。

ニャーは、テーブルのうえで丸まって眠った。沙羅は、ニャーが目を閉じたら鼻をつついて起こし、目を開けたら知らん顔をする。目を閉じたらまた鼻をつつき、目を開けたら知らん顔をする。この鼻ピンポンダッシュをくりかえして、ニャーが眠るのを妨害した。これをずっとやられても、なぜかニャーは怒らない。

地上の猫はのんびりしていて、気が長い。三歩歩いたら過去を忘れるというのは本当かもしれない。霊界の猫は、言葉をしゃべるだけでなく、自己主張が激しく、悲憤慷慨《ひふんこうがい》はなはだしい。ニャーとは真逆だ。

「あ、沙羅」母がリビングに入ってきた。「帰ってたの？　どこに行ってたのよ」

「どこでもいいでしょ」

「携帯に電話したのに、電源が切れててつながらないじゃない」

「携帯は電源を切って、部屋に置いといた」

「それじゃあ、携帯を持っている意味がないじゃない」

「んなの私の勝手でしょ。うっせえな、小言ババア」

「私が小言ババアなら、あなたは口答え娘ね。そんなことより、大変なのよ。パパが急に腹痛を起こして倒れちゃって」

「どうせ腐ったまんじゅうでも食べたんでしょ」

「救急車を呼んで、今、病院に運ばれたところ。寅丸ちゃんが入院している病院と同じところ。今からママも行くから」

「ふうん」

「なんだってうちはこうやって次から次へと災難が起きるのかしら。このまえ寅丸ちゃんが病院に運ばれたばかりだっていうのに」

「呪われてんじゃないの、うち」

「ああ、やだやだ」

兄の寅丸は、腐った納豆を食べて、食中毒で入院している。

納豆は霊界にはない。母が地上からレシピを取りよせて作った。だが、勝手がちがっていたみたいで、発酵ではなく腐った豆になった。沙羅は地上で食べたことがあったので、これは納豆ではないと気づいて食べなかった。寅丸は疑うことなく、こういう匂いの豆だと思って食べて、お腹を壊した。

母は言った。「そういうわけで私は病院に行くから、夕飯は出前でも取りなさい」

「はあい」

「あと、沙羅。パパのお仕事を代わってあげて」

「はいよ」

「えっ」と母は驚いた顔をする。

「なに?」

「いや、あなたのことだから、『えー、やだー、なんで私が?』とか、ぎゃあぎゃあ文句を言うと思ったのに」

「反抗期はもう卒業したのよ」

「ホント? それはよかった。じゃあ卒業祝いで、今度、パーティーをやりましょう」

「面倒くさいから、いい」

「じゃあ、あとはよろしくね。夕方、ニャーにもエサをあげてね」

母は、バタバタとリビングを出ていった。沙羅とニャーだけ残る。ニャーは丸まって眠っていた。沙羅は自分の部屋に戻った。

自分の部屋に、専用のバスルームがある。湯船にお湯をため、服をぬぎすてて、シャワーを浴びた。湯船に十分ほど浸《つ》かって、風呂を出る。バスローブを着て、ドライヤーで髪を乾かし、歯をみがく。

それから化粧台の前に座って、三面鏡を開く。ヘアスプレーをかけて、ブラシでなじませてから、ヘアアイロンでかたちを作る。ショートカットから少し伸びた髪を、ハーフアップにして結ぶ。

化粧は最小限。高級な化粧品を、少しだけ使うのが美女のたしなみである。安い化粧品の厚塗りが最低。ピットインしたレーシングカーのタイヤを交換するように、すばやく化粧をほどこし、最後に口紅をひいて完成。

バスローブをぬいで、服に着がえた。クローゼットを開けて、今日の気分で服をコーディネートする。オフホワイトのニットのプルオーバー、桜色のミニスカート、耳にイヤリングをつけて、注文しておいた新品のスニーカーを箱から出して履いた。スニーカーの靴《くつ》紐《ひも》をゆるめに結ぶ。

「よし、行くか」

部屋を出て、エレベーターで最上階に向かう。

そこに沙羅専用の仕事部屋がある。

最上階に上がり、壁に手をあてると、ドアが現れる。部屋に入り、革張りの回転椅子に座って、専用のパソコンに電源を入れる。

沙羅は足を組み、携帯で電話をかけた。すぐにつながった。

「もしもし、吏利琥です」

「もう戻ってる?」

「はい、先ほど戻りました」

「さっそく仕事にかかります。で、宮沢竜太という男はもうこっちに来てる?　つい先ほど、死んだはずだけど」

人間は死ぬと、肉体から魂が離れて、魂のみ霊界へとやってくる。それにかかる時間は通常、数時間から半日。そして着いた順番で審判待ちの状態に入る。二、三日は待つのが普通だが、混んでいるときは一週間以上ということもある。

「少々お待ちください。……はい、もうこっちに来ています」

「そいつ、最初に持ってきて」

「かしこまりました。少しお時間をいただけますか？」

「うん」

吏利琥は、いちいち理由を聞かない。沙羅の考えをすぐに察するからだ。

沙羅は電話を切った。

椅子の背もたれに身をあずけ、天井を見あげた。霊界にも空気はあるが、地上よりも軽く感じる。座ったまま、首をまわして体操をする。

ふいに思いをはせる。志郎と汐緒里、そしてまもなくここに来るであろう夏妃のこと。

沙羅は人間に対して、特別な感情を持っていない。

その感覚は、医者に近い。医者は患者に対して特別な感情を持たない。そんなものがあったら、冷静な判断ができないからだ。物事を正確にこなすには、脳がクールでなければならない。そのためには対象とのあいだに一定の距離をたもち、客観性を担保できるようにしておく必要がある。

この仕事にも、特別な思い入れはない。この仕事は、閻魔の血を受け継ぐ者にしかできない決まりである。閻魔家に生まれた者の宿命として、半分は仕方なく、半分はその義務感で、受け入れているだけだ。だから人間に審判を下し、そいつが天国に行こうと地獄に行こうと、なんとも思わない。生前の報いというにすぎず、それをクールに客観的に判断しているだけだ。

だから、もし志郎や汐緒里がこっちに来ても、父の裁きにまかせるし、父が地獄行きにしたとしても知ったことではない。

沙羅にも感情はある。だが、人間のそれとはだいぶ異なる。もっと合理的で、本能と呼んだほうがいい。むしろＡＩに近い。

以前、沙羅が裁いた男にこういうのがいた。

六十歳で心不全で死んだのだが、若いころ、ある女性が好きだった。その女性も自分に好意を持ってくれている気配があった。だが男はふられるのが怖くて、ずっと告白できずにいた。そのうち女性は、別の男性に告白されて付き合い、やがて結婚した。しかしそのまえに自分が告白していたらどうだったか。

そのことを男は六十歳になるまでずっと後悔していた。

男はその後、上司の勧めで見合い結婚をするが、妻に浮気されて離婚。その後は独身を通した。沙羅の前に来たとき、あのとき告白していればよかったと、この場で号泣した。男はとにかく勇気がなく、一生を無挑戦で過ごした。安定した給料がもらえるという理由で公務員になり、大過なく人生を終えた。特に善行もなかったため、沙羅は泣きじゃくる男を地獄に落とした。

こういう人間が、沙羅には一番理解できない。

好きなら告白すればいい。告白の成功確率を上げるために、自分を好きになってもらう努力をしたうえで。逆に怖くて告白できないなら、さっさとあきらめればいい。なぜそうしないのかが分からない。

告白もできず、自分を好きになってもらう努力もせず、かといってあきらめることもできず、女性が別の男性と結婚したあとでさえ、自分も別の女性と結婚したあとでさえ、うじうじと後悔している時間は、人生のロスでしかない。付き合いたいという願望をふくらませるだけで、行動はせず、そのくせ死んだら「たられば」を言って大泣きする。そういう人間と接すると、沙羅はイライラする。

おそらく人間は、情報の処理スピードが遅いのだ。

脳のできが悪く、とりわけ感情が情報処理の邪魔をするため、認知→合理的判断→決心までに時間がかかりすぎる。ひどい場合には、情報処理自体を放棄し、つまり考えることをやめて、すべてを先送りして、うじうじしたまま寿命を終えてしまうこともある。「いずれ」とか「そのうち」とか「将来的には」とか、あとでやることを匂わせる言葉を吐くのが好きで、でも結局、やった例《ため》しはない。

たとえばだが、野生の動物は、自分の子が死んでも悲しまない。悲しんでも生き返らないのだから、悲しんでいる時間は無駄でしかない。種の保存が目的なら、死んだ子のことは忘れて、次の子を産むための行動に切りかえたほうがいい。それがクールな脳の判断力である。

感情というより本能。沙羅の脳は、よりこっちに近い。

死んだ子の年を数えるのが、いかにも人間的だ。人間の脳は劣《おと》っているからこそ、忘れることができない。脳の情報処理のスピードが遅すぎて、記憶の削除が追いつかないのである。そのため無駄な情報が澱《おり》のようにたまっていって、CPUが重くなり、作動スピードがさらに遅くなる。誤作動も起きやすくなり、時にはフリーズしてしまう。自殺するのは人間だけだが、それだって一種の脳の誤作動である。

こういう男もいた。

二十九歳で突然死。海水浴中にクラゲに刺されてパニックになり、溺死《できし》したのだが、沙羅の前に来て、俺は何も悪いことをしていないのに、なぜこんな死に方をしなければならないのかと大声でわめいた。

沙羅は答えた。第一に、悪いことをしたかどうかと死に方に相関関係はない。生前の行いは、死後に審判の対象となるが、死に方には影響しない。第二に、悪いことをしなければ悪い死に方はしないと、男が本当にそう信じていて、進んで善行を積んでいたかというと、そうでもない。閻魔帳を見るかぎり、ゴミのポイ捨てなど軽犯罪も多いし、会社の経費の使い込みもしていた。言っていることが矛盾だらけで、整合性もない。沙羅に悪態《あくたい》をついた罪もくわえて、地獄行きにした。

七十五歳で死んだある女は、沙羅の前に来たとき、人生をやりなおしたいから、十代に時間を戻して生き返らせてほしいと訴えた。若いころにもっと勉強して、いい学校を出ていれば、もっといい人生を歩めたはずだからと。

確かに女は、あまりいい生い立ちではない。親が借金まみれで、子供の教育に金を使う余裕はなかった。それゆえに中卒で、就職も結婚も望んだようにはいかなかった。若いころにもっと勉強していれば、というのは、この女の終生の口癖《くちぐせ》だった。その後の不遇をすべて、親のせいにする。

ただ、二人の子育てを終えて、中年になって時間に余裕ができたあとも、この女は特に勉強していない。もっと勉強していればと思うなら、中年になってからでもやればいい。何もやらないよりはましだ。だが、この女は自分の生い立ちを嘆くばかりで、その後の自分の怠慢は反省材料になっていなかった。

中年以降、韓流《ハンりゅう》アイドルにはまり、夫が稼いだ金を使い込んで、家族に愛想をつかされた。夫とは熟年離婚し、子供とも疎遠になり、晩年は金もなく、家族もなく、最後は孤独死した。そして死んでなお、若いころに自分がいかに恵まれなかったかを訴えて、生き返らせてほしいという。

特に興味をひかれない人生だったので、沙羅は地獄行きにした。

人間なんて、つまらない生き物だ。

ごくまれに、誰になぜ殺されたのか、分からない状況で死ぬこともある。死者は沙羅の前に来る。自分が殺されたことは分かるのだが、「誰に、なぜ?」が分からない。そういうとき、人間は必ず知りたがる。

それが最初は不思議だった。

死んだあとで、誰になぜ殺されたのかを知ってどうするのだろう。知ったところで生き返れるわけではないし、犯人に復讐できるわけでもないのだから、動物の本能でいえば、忘れるのが自然だ。

たとえば母鹿《ははじか》が子鹿とはぐれてしまって、子鹿が食い殺された死体で見つかった。そのとき虎に食われたのか、狼《おおかみ》に食われたのかを気にする母鹿はいない。とにかく食われて死んだ。そして忘れる。それが合理的な思考力である。原因を知ることで結果が変わるのなら、知る価値があると思う。だが、結果が出たあとで原因を知っても、結果が変わらないのであれば、忘れてしまうほうが合理的だ。

もう一つ不思議なのは、知りたがるくせに、自分で考えることはあまりしないのだ。真相を解明するうえで、必要な情報は出そろっているのだから、ちょっと考えれば答えは出るはずなのに、そのちょっと考えるということをしない。だから推理力のスキルが上がっていかない。

知りたがるくせに、自分で考えることはしない。現実に不満を言うくせに、その不満な現実を変えるための努力はしない。そういう人間の魂を、生まれたヒヨコのオスとメスを分けるように、天国と地獄に振り分けていくのが閻魔の仕事。おおむね退屈な事務作業である。

ただ、この仕事をしていると、まれに鶏群《けいぐん》の一鶴《いっかく》とでもいうべき傑出した人間と出会うこともある。

彼らは人生に意義を求めている。自分は意味があって生まれてきたものと信じている。それを成すために生を受けたのだから、どんな代償を払っても、やり遂げようとする。時には死をも恐れない。

彼らに共通しているのは、生を死からの逆算で考えていること。

人間は、自分がいずれ死ぬことを知っている動物である。他にも死ぬことを知っている動物はいるが、そのときが来たら死ぬというだけで、そこに深い意味は求めない。意味を求めるのは人間だけだ。

どうせ最後は死ぬ。生まれついた条件は不平等でも、最後は死ぬという意味では平等である。生とは、死ぬまでの時間にすぎない。明日にも死ぬかもしれないのだから、思うように生きてみよう。成功しようと失敗しようと、夢が叶《かな》おうと叶うまいと、最後は死ぬのだから。

そこまで思いきったら、人間は保身に走らなくなる。いくら貯金しても、死んだ時点ですべて手放すのだから、蓄財にも興味を持たない。人間の価値は、いくら金を稼いだかではなく、他の誰にもできない何を成しえたか、だ。保身や目先の銭勘定から解放されたとき、人間はその潜在能力を発揮しやすくなる。

どうせ死ぬのだから、どのような死に方をしても同じである。この世に後悔を残さないように、文字通り、死にもの狂いになって、自分が生まれてきた意義を残そうとする。その活力がイノベーションを生みだす。人間は怠惰な生き物なので、そこまで追い込まれないと底力を発揮できないともいえる。

多くの人間は、才能がないという以上に、そこまで自分を追い込んでいない。天才と凡人の差は、脳のIQではなく、生まれもった素質でもなく、死ぬことから考えて、限られた生のなかで何かを残そうと必死になったかどうかだ。

沙羅は、閻魔家の者なので、人間のことをよく知るために、地上からいろいろなものを取りよせることができる。地上の音楽を聴いたり、映画を見たり、小説を読んだりすることができる。

ふと思うことがある。この作者は、この作品を残すことによって、この世界に自分が生まれた証《あかし》を刻み込もうとしたのではないか。人間は必ず死ぬ。いずれこの世界を去る。そのまえに、自分が生きた証を永遠に残りうる作品のかたちにして、永遠性への願いをそこに込めて、作りあげたのではないか。

そうやって限られた時間のなかで格闘している人間をうらやましく思うこともあるし、愛《いと》おしく思うこともある。

それは沙羅にはない感情だから。

いや、そもそも、うらやましいとか、愛おしいといった人間的な感情は、本来、沙羅にはないはずのものである。

もしかして、人間に近づいている?

人間と接しているうちに、だんだん人間に似てきたなんてことはないだろうか。

「まさかね」と沙羅はつぶやいた。

携帯が鳴った。吏利琥からである。電話に出た。

「もしもし」

「準備が整いました。宮沢竜太、四十四歳、無職、死因・絞殺でよろしいですね」

「うん」

「今、データを送ります」

パソコンの閻魔帳ファイルに、宮沢竜太の人生データが送られてくる。

「ＯＫ」

「では、本日もよろしくお願いいたします」

沙羅は携帯を切って、デスクに置いた。立ちあがり、クローゼットを開けて、真っ赤なマントをはおった。椅子に戻り、閻魔帳を通読する。

壁にドアが現れ、自動で開かれる。魂の座った椅子がすべるように運ばれてきて、沙羅の前で止まった。

魂は目を閉じている。

くたびれた中年男である。顔に傷跡があり、左手の小指がない。日焼けしていて、肌が浅黒い。栄養状態が悪いのか、肌がかさついている。

男は目を開ける。正面にいる沙羅を見て、驚いた顔をする。

猫のように黒目がちで、愛嬌《あいきょう》を感じさせる。まわりをきょろきょろ見回して、目を細めた。口は中途半端《ちゅうとはんぱ》に開いたままだ。

「閻魔堂へようこそ」と沙羅は言った。「宮沢竜太さんですね」

# 13

目を開けると、竜太は硬い椅子に座らされている。椅子の背もたれに沿ってまっすぐ背筋を伸ばし、両手をひざに置いている。

ヤクザ一年目を思い出した。兄貴分の前では息を殺し、たとえ目の前にハエがたかっても、直立不動でいなければならなかった。咳払《せきばら》いでもしようものなら、あとでどういう目にあわされるか分からない。

真っ白い部屋にいる。床、壁、天井にいたるまで真っ白で、境目が分かりづらい。ドアも窓もない不思議な空間である。部屋というより四角い箱で、感覚的に一番近いのは水槽だろうか。金魚になったような気がした。

部屋は明るい。だが、天井に照明器具はなく、この明かりが何から発せられているのかが分からない。壁にLEDが練り込まれていて発光しているのだろうか。いつのまにそんな技術が開発されたのだろう。

なぜか体が軽い。中年になってから、体が鉛のように重くなっていたが、そのだるさが消えている。あまりにも軽いので、無重力空間にいるような錯覚を起こした。空気がいつもよりふわふわしている。

いきなり目の前に少女がいる。革張りの回転椅子に座り、足を組んでいる。

「閻魔堂へようこそ。宮沢竜太さんですね」

返事できなかった。息を呑むほどの美少女である。

十代後半くらいか。子供ではないけれど、大人でもない。というか、年齢を想像しにくい。星の輝きを見ても、その年齢を推測することが難しいように。老いていく人間ではなく、永遠にこの姿を保てる妖怪《ようかい》のような、魔性の美しさである。

かわいさと妖艶《ようえん》さが、陰と陽が、明と暗が、月と太陽が、矛盾なく混じりあっていて、合わせ鏡のように共存している。

日本刀のような鋭い眼光が、強い攻撃性を感じさせる。すっと通った鼻筋に、ふくらみのある唇。肌は白く、トランポリンのような弾力がある。ハーフアップにした黒髪のショートカットは、水面に光が反射するようにキラキラしている。走る馬のタテガミのごとく、毛の一本一本が躍動している。

白のニットのプルオーバーに、桜色のミニスカート。新品っぽいスニーカー。ファッション誌の表紙がそのまま具現化されたような、絶世の美少女である。さほど気取った服でもないのに、この子が着ると別次元になる。

ただし、よく分からないアイテムが一つ。

背中にはおっている真っ赤なマント。サイズが大きすぎて、すそが床についてしまっているうえに、その赤色があまりにも生々しい。本当に血で染めたのではないかと思わせるくらい、血のり感がある。このマントだけ、周囲に調和することなく、独悪的とでも呼ぶしかない強い存在感を放っている。

少女は足を組んだまま、手にしたタブレット型パソコンを見ていた。

「ええと、あなたは父・宮沢克典《かつのり》、母・理佐《りさ》の長男として生まれた。生まれついての暴れん坊。血の気の多い子供で、気に入らないことがあるとすぐに暴力に訴える。やりたくないことはやらない。大人が無理にやらせようとすると、武器を使って反逆する。漫画『ビー・バップ・ハイスクール』の影響を受けてから、ヤンキー街道まっしぐら。中学生になると、警察にマークされる存在になる。

高校を卒業して、ヤクザに。だが、この選択が大間違い。ヤクザほど、上からの締めつけがきつい世界はない。狂犬が鉄の首輪をはめられたようなもの。今までは暴力ではね返してきたが、任侠《にんきょう》の世界ではそうもいかない。いずれ成りあがるまでの我慢と思って辛抱するが、長くは続かず、やがてこづかい稼ぎの悪行がバレて、兄貴分の辷野によって小指を切り落とされて破門される」

いま気づいたが、体が動かない。

動くのは首から上だけ。手足どころか、心臓さえ動いていない気がする。壊れた家電のように、体に電源が入らない。

なぜ体が動かないのかは分からない。ただ、これだけは言える。

この子には逆らわないほうがいい。

それだけは本能で分かる。巨大隕石《いんせき》とか、新幹線とかと同じように、絶対に立ち向かってはいけない相手に思える。

少女は続けた。「その後、落ちぶれたあなたは、込野への復讐を決意する。だが、込野が死去していることが分かり、振りあげた拳を下ろす場所を失う。さまよい、たどり着いた神社で、夏妃と出会う。夏妃は妊娠していたが、生まれた子供は志郎と名づけ、結婚して自分の子として育てる。やがて汐緒里も生まれる。トラック運転手の仕事を見つけ、人生で唯一といっていい安息の日々を送る。

だが、それも長くは続かない。運送会社の社長が代わると、あなたは解雇された。再就職先も見つからない。『小人閑居《しょうじんかんきょ》して不善をなす』のことわざ通り、志郎の実の父が織江凌だと分かると、脅迫して金を得るようになる。酒に溺れる日々を送り、夏妃がガンだと分かったあとも、変わらず飲んだくれの生活を続けている」

「まあ、そうだけど」

「と、人生で一度も学習することなく、成長もせず、中年になってしまったクズ、宮沢竜太さんでよろしいですね」

「おまえ、誰だ？」

「おまえごときに、おまえ呼ばわりされる覚えはありません。この私と対等みたいな口を利かないように。警告は二度しません」

「……ああ」

目が合った。殺されるかと思った。目の奥がぎらっと光ったあと、自分の頬をかすめて弾丸が飛んでいったような恐怖をおぼえた。

少女は言った。「私は沙羅です。さんずいに少ない、我武者羅《がむしゃら》の羅」

「沙羅……。で、ここはどこ？」

「閻魔堂と言ったでしょ」

「いや、そう言われても、聞いたことないけど」

「聞いたことはあるでしょ。あの閻魔ですよ」

「地獄の閻魔大王のこと？　閻魔コオロギとかの？」

「それです。その大王の娘の沙羅です」

「なにそれ？　そういう設定の３Ｄゲームか？」

「ＶＲではありません。閻魔大王は、人間の空想上のものではなく、実際に存在するもう一つの現実なのです」

沙羅の説明は続いた。要約すると、閻魔大王は実在する。人間は死によって肉体から魂が離れて、魂のみ霊界にやってくる。その霊界の入り口にあたるのが閻魔堂。死者はここで生前の行いを審査され、天国か地獄に振り分けられる。

本来であれば、ここには沙羅の父・閻魔大王がいる。だが、今は食中毒を起こして病院に運ばれた。そのため娘が代理を務めている。

「ということは、俺は死んだということか？」

「ええ」

「嘘だろ。なんで？　ぜんぜん思い出せない」

「自宅アパートで首を絞められて」

「首を？　どういうこと？」

記憶がない。どこから記憶がないのかも思い出せない。思い出せるのは、夏妃と神社に行って、それからアパートに戻って……。

「あっ」一瞬ですべてを思い出した。

しばらく頭が回らなかった。

意識を失うまで、一分もなかった。犯人はたぶん背負い投げのような状態で、竜太の首に巻きつけた紐を担ぎあげたのだと思う。抵抗する間もなく窒息の苦しさがきて、意識が遠くなり、気がつくとここにいた。

「犯人は誰だ？」

「教えられません」と沙羅は言った。

「なぜ？」

「死者が生前知らなかったことは教えてはならない決まりなのです」

「でも、沙羅は知ってんだろ。そのパソコンに書いてあるんだろ」

「そりゃ知ってますけど、教えられません」

「犯人は、俺の知ってるやつか？」

「教えられません、なにひとつ」

見当もつかない。人に恨まれるようなことをしたおぼえは多々ある。だが、具体的に誰となると、まったく分からない。

「それで俺はどうなる？」

「地獄行きです」

「そりゃそうだよな」

「悪行は数知れず、善行は数えるほどもない。ひときわ重い地獄になります」

ふいに、過去のいろんな情景が浮かんだ。

荒れ狂う息子に手がつけられず、いつも脅えていた両親の顔。憎々しげに兄をにらむ貴道。ヤンキー時代の乱暴狼藉《ろうぜき》の数々。死んでも晴れない込野への怒り。優しかった鳥越社長。そして夏妃、志郎、汐緒里。

「なあ、沙羅。夏妃はどうなる？　やっぱり死ぬのか？」

「さあ、知りません」

「まさか、俺が先に死ぬとはな。で、俺を殺した犯人は逮捕されたのか？」

「教えられません」

　うまく考えられない。唐突すぎて、理解が追いつかない。

「なんだよ、なんなんだよ。俺、死ぬの？　いや、もう死んだのか。これで終わり？　なんだったんだよ、俺の人生」

　終わってみれば、あっという間の人生だった。あらためて振りかえって、あまりにも空っぽすぎて、愕然《がくぜん》としてしまった。

　何かが頬をつたった。虫でも止まったのかと思った。

「あれ、なんだ？」

　それが涙だとやっと気づいた。

「なんだこれ。なんで俺、泣いてんだ？」

　泣いている自分が信じられなかった。沙羅に泣き顔を見られたくなかったが、手が動かないので、涙をぬぐうこともできない。

　沙羅は足を組んで、竜太をにらんでいる。

「今さら、なんの涙です？」その声に、軽蔑がこもっていた。

「今さら……」自分でも笑ってしまった。「ホント、その通りだ。今さらだよ。みんな今ごろ、せいせいしてるよ。貴道も、志郎も汐緒里も、役立たずのゴミがやっと死んでくれたって、むしろ犯人に感謝しているくれえだよ」

夏妃以外、すべての人間から嫌われていた。みんなに疎《うと》まれ、除け者にされてきた。そうされても仕方のないことばかりしてきた。

いつからだ、こんな人間になったのは。

子供のころ、指図されるのがいやだった。勉強しろとか、朝は七時に起きろとか、縛られるのがいやだった。勉強は嫌いだったし、夜ふかしは好きだったから、朝は起きられなかった。そういうときは暴れた。あれこれ指図されて、それをやりたくなかったら、とにかく全力で暴力をふるう。相手が音をあげるまで、暴れ続ける。相手がうんざりしてあきらめたら、こっちの勝ち。それでいい気分になった。それが成功体験になって、築きあげられた人格が竜太だった。

結局、何がしたかったのだろう。

王様になりたかったのか。そうかもしれない。自分だけ特別扱いされて、まわりが恐れおののく。自分の言い分がまかり通って、まわりがそれに従う。そういう存在になりたかった。好きなことだけして、やりたくないことは他人にやらせる。働きたくないけど、金は欲しいから、近くにいる弱者から巻きあげる。酒を飲んでいるときは気分がいいから飲む。それが竜太の行動原理だった。

大人になったら、指図されることはなくなった。そのかわり、嫌われて、除け者にされて、まわりには誰もいなくなった。

ある意味では、いい人生だった。やりたいことだけやって、やりたくないことはやらなかったのだから。働きもせず、好きなだけ酒を飲んで、面白おかしく暮らした。でも、こうして人生を終えた今、なんの満足感もない。

不思議だが、むしろ自分にとってよき思い出は、鳥越社長のところで働いていたトラック運転手時代である。

人生で唯一、まじめに働いていた時期だった。実際にはかなりしんどかった。長距離トラックで、いま思うと違法だった気もするが、休みは週一日だけ。漁港で魚を積む仕事が一番きつかった。真冬に、かじかんだ手で、氷の入った魚の積み荷を上げ下ろしするのは、ほとんど地獄だった。それでも竜太は音をあげなかった。

今では憎たらしい志郎でさえ、あのころはかわいかった。居眠りする夏妃の寝顔を見たり、空のペットボトル十本とビニールボールで子供たちとボウリングをやったり、そんなちょっとした時間が幸せに感じられた。夏妃は育児に手いっぱいで、働き手は自分だけ。今まで味わったことのない、人から頼られている感覚があった。自分らしくない言葉だけど、責任がめばえた。

仕事で疲れきって家に帰ったら、夏妃もぐったりしている。志郎は元気がありすぎてつねに遊びたりないし、汐緒里は体が弱くてすぐに風邪をひく。この両極端な兄妹の世話をするのは大変だった。仕方ないから、竜太も休みたいけど家事を手伝って、お父さんらしいこともしていた。

でも会社をクビになり、再就職先も見つからず、これまでの努力がすべて否定された気がして、いじけて、すねて、酒に逃げた。夏妃が働いて生計を立てるようになると、どうせ俺なんて必要ないんだろと、今度はひがんで、ふてくされて、また酒量が増える。そんな父を蔑むように見てくる志郎が憎たらしくて、やつあたりする。織江凌をゆすって楽に金を得るようになると、ますます生活は荒れていった。

「ホント、今さらだよ。死んだあとで気づいても遅いけど。ある意味、俺らしい死に方だった。沙羅、いいよ。さっさと地獄に送ってくれ」

「ええ、地獄行きです。と、言いたいところなんですが」

「ん？」

「本来であれば、私情をはさんではいけないのですが、今回はお友だち優待サービスとでもいいましょうか」

「お友だち？」

「あなたではありません。こっちの話です」

沙羅はパソコンのタブレットを見ている。「ふむふむ」とうなずいて、自然な動作で人差し指を唇に置いた。

「ところで、犯人は誰か、気になりませんか？」

「気にはなるよ。でも教えちゃいけねえんだろ。考えたって分かるわけねえしよ」

「やれやれ、これだから人間は」

沙羅はため息をついた。

「なぜ人間はそうなんでしょうね。最初から分からないと決めつけて、考えるということをしない。ちょっと考えれば分かることなのに。たいていのことは、ちょっと考えれば分かるんですよ。だって情報は出そろっているんですから」

「は？」

「この世界の出来事はすべて必然であり、法則に基づいて起こっています。たとえばここに水があるとしたら、そのまえに水素と酸素があって、この二つが結合する条件があったということです。逆に水素と酸素があって、両者が結合する条件があれば、何度だって水は生成されます。それが法則です。

考えるとは、その法則を発見することです。『水＝水』ではないのです。『水＝（水素×2）＋酸素』なのです。同様に、殺人事件も一つの要素だけで生まれるものではありません。複数の要素と、それを結合する条件があることによって発生します。そして殺人事件を構成する要素は、すべて情報として出そろっています。つまり、あなたの頭の中にある情報だけで、謎は解けるということです。

論理的に考えれば、必ず答えは出ます。『殺人事件＝Ａ＋Ｂ＋Ｃ』なのです。ＡとＢとＣの情報は、目の前に出そろっています。あとはそれらがどのような条件下で結合されたのかを考えれば、おのずと犯人も導きだせます。ただ、それだけのことなんですよ。なのに人間は、そのちょっと考えれば分かることを考えようとしない。そのくせ、どうしたらいいのか分からないと文句を言って、知らなかったんだから仕方ないと言い訳して、人のせいにしてばかりいる」

沙羅の瞳が、ぎらりと黒光りした。

「あなたにチャンスをあげます」

「えっ」

「先ほども言ったように、あなたが生前知らなかったことを教えるわけにはいきません。だから犯人が誰かを教えることはできない。しかしあなた自身で推理して正解を言い当てるぶんにはかまわない。そして情報はすべて出そろっています。今、あなたの頭の中にある情報だけで犯人を特定できます」

「そうなのか」

「もし正解できたら、あなたを生き返らせてあげましょう」

「本当か？」

「仏や菩薩《ぼさつ》だけでなく、閻魔にも慈悲はあります。ただし自力本願です。神社に行ってお賽銭を入れて祈っても、救いの手はさしのべない。謎を解くのは、あくまでもあなたの頭脳です。自力でなんとかしようと努力した者にだけ、その成果にあわせて、ほんの少しチャンスを与えるくらいのことはしてあげます。これが、私が友だちにしてあげられる唯一の助力です」

「さっきから言っている友だちってなんだ？」

「あなたは知る必要のないことです。再度、確認します。謎を解けたら生還。解けなかったら地獄行きです。そして夏妃はそのまま死ぬでしょう。さらに志郎や汐緒里も死ぬかもしれない。だとしても、もはや私の知ったことではない」

「ちょっと待て。どういう意味だ？　夏妃はともかく、志郎や汐緒里まで——」

「制限時間は十分です」

沙羅は怒ったように言って、回転椅子をまわして背を向けた。

# 14

「スタート」

沙羅は言うなり、デスクの引き出しを開けて、目薬を取りだす。顔を天井に向けて、左右の目に一滴ずつ、正確にたらした。デスクに金魚鉢のような瓶があり、キャンディーが入っている。沙羅は一粒取り、包みを開けて、親指ではじいて空中に舞いあがらせた。落ちてくるのを口でキャッチした。

こうして見ると、普通の小生意気な娘に見える。

その落差がすごい。ヴィーナスのような神秘性と、人前でも平気で鼻くそをほじくりそうな下品さが、両方ある。大学の老教授のような口調のときと、偏差値の低い女子高生のような言葉づかいのときがあって、印象が定まらない。

沙羅は手に持っているタブレットをデスクに立てかけて、動画を再生した。録画しておいた地上波のドラマを途中から見ている。

思わず見とれてしまった。

今はそれどころじゃない。推理ゲームに集中しないと。

今、頭の中にある情報だけで犯人を特定できるという。しかし何から考えればいいのかが分からない。

沙羅の言う通り、普段からちゃんとものを考えていない。

分からないことは分からないでいいやと、投げ捨ててきた。できないことはできないでいいやと、うっちゃってきた。努力根性忍耐が嫌いで、頭を使うことも苦手で、腕力に物を言わせて生きてきた。

推理小説を読んだこともないから、探偵が通常、何から手をつけるのかも分からない。というか、沙羅の見ているテレビの音がうるさくて集中できない。

「なあ、沙羅」

「はい？」

「そのテレビの音、うるさいんだけど」

「だから？」

「だから、その、音量をさ、少し下げてくれよ。推理に集中できねえんだよ」

「何がうるさいだよ。酔っ払って大声で騒いで、そこらに嘔吐して、迷惑をかけまくっていたのはどこの誰だよ。アパートの隣に住んでいた沼田さんだって、あんたの迷惑が耐えがたくなって、志郎たちにおこづかいをくれる優しいおじいちゃんだったのに、引っ越すことになったんだからね」

「あ、そうなのか。沼田のジジイ、俺のせいで引っ越したのか」

「ま、いいや。バカに言ってもしょうがねえ」

沙羅は投げやりに言って、イヤホンを取りつけて耳にはめた。

「ああ、待ってくれ、沙羅」

「なんです？」

「あのよ、俺は推理小説を読んだことがないから分からねえんだけどよ。ほら、名探偵ってのは、まず何から手をつけるんだ？」

「探偵のタイプにもよります。ひらめき型、データ解析型、科学捜査型、心理分析型。犯人を特定するまでの手順はさまざまです」

「そりゃそうだろうけどよ。でも、なんかあるだろ。取っかかりが」

「とりあえず容疑者を絞り込んだらどうですか？」

沙羅は面倒くさげに言って、イヤホンをしてドラマ鑑賞に戻った。

「容疑者の絞り込みか。なるほど」

そう、動機だ。理由もなく人を殺すわけはないのだから、犯人には竜太を殺す動機があった。まずはそれを考える。

最初に思い浮かんだのは、怨恨。恨みなら多方面から買っている。ぱっと思いつくところで、①貴道、②織江凌、③志郎。

第二に、金銭目的。竜太は、凌から巻きあげた五十万を持っていた。それを志郎の担任の大森と、児童相談所の郡司に見せた。五十万を狙った強盗殺人だとすると、④大森、⑤郡司も容疑者にふくまれてくる。

他には、秘密を知られたとか、過去の復讐も殺人の動機になりうる。ヤンキー、ヤクザ時代までふくめると、思いあたるフシもあるけれど、沙羅の話では、いま頭の中にある情報だけで謎は解けるというのだから、思い出すのも難しいような遠い昔の話ではないはずだ。とりあえずは、この五人。

次の条件は、腕力。竜太の首を絞めあげて殺すには、かなりの腕力がいる。普通に考えれば、犯人は男だ。貴道、湊、大森、郡司は可能として、問題は小学生の志郎である。だが、志郎は子供にしては力がある。殴られたときも、押し倒されて上からのしかかられたら抵抗できなかった。容疑者からは外せない。

「二分経過、残り八分です」と沙羅は言った。

二分が過ぎた。時が過ぎるのが早いのか遅いのか、よく分からない。この真っ白な部屋にいると、時間感覚まで狂ってくる。

とにかくこの五人だ。そして殺される前日、竜太はこの五人と会っている。そのときの会話や態度に、ヒントになるものがあったかもしれない。

昨日からの出来事をざっと思い出してみる。

昨日の朝、夏妃の病院にいた。看護師に見つかって追いだされた。その足で湊の会社に行き、五十万を巻きあげた。自宅に帰って飲んでいると、大森と郡司が来た。午後には貴道も来た。そのあと志郎と汐緒里が帰ってきて、志郎に殴られた。夏妃からの手紙を渡されて、その夜に病院に行き、夏妃を連れだした。神社に行き、アパートに戻って、ワインを飲んだ。竜太は寝てしまい、目がさめると、夏妃はタクシーで病院に帰ったあとだった。殺されたのはその直後である。

思い出せるかぎり、思い出してみる。だが、まったく分からない。

沙羅は、いま頭の中にある情報だけで謎は解けると言った。だが、その情報が具体的にどれなのかが分からない。昨日今日だけでもいろいろあった。そのうちのどの情報が、犯人特定につながるのか。

殺されたのは夜明け前。たぶん午前四時くらいだと思う。首を絞めた凶器は、かなり強度のある紐、ないしコードだと思うが。

「なあ、沙羅。おい！」

沙羅はいやな顔をしながら、一時停止ボタンを押してイヤホンを外した。

「うるさいな。なに？」

「ヒントをくれ」

「やだ」

「昨日今日の出来事の何が犯人を特定することにつながる情報なのか、それだけでいいから教えてくれ」

「やだ」

「頼むよ、沙羅。ぜんぜん分かんねえんだよ」

「日ごろ、何も考えていない脳だから、いざってときに役に立たないんです。とにかくヒントはありません。ご愁傷さま」

「じゃあ、ヒントじゃなくていい。ええと、容疑者は絞れた。動機もあるし、物理的にも可能だ。で、探偵は次にどうする？」

「うーん」沙羅は面倒くさそうに眉をひそめる。「一般的には、事件現場を観察したり、聞き込み情報をもとにして、そこに違和感や矛盾点、あるいは不思議なことを見つけます。その『なぜ？』から考えて、そこに意外な合理性を見つけ、推理に切り込んでいくというのが普通です」

「分かりにくいなあ。たとえば、どういうこと？」

「たとえば、自殺に見える死体が見つかったとします。警察は自殺と断定した。ですが探偵は、その人の財布にクリーニングの引換券があるのを見つける。洋服をクリーニングに出したのは、当人が死亡した当日。これから自殺する人が洋服をクリーニングに出すのは不自然だ。したがってこれは自殺ではなく、自殺に見せかけた他殺である。とまあ、そういうふうに推理するということです」

「なるほど。違和感、矛盾点、不思議なこと。それには理由があるってことか。そこから考えろってことだな」

沙羅はイヤホンをつけて、ドラマ鑑賞に戻っている。

「そりゃそうだな。殺人事件が起きてんだもんな。計画殺人なら、その準備行動があったはずだし、衝動殺人だとしても、犯人に兆候のようなものがあってしかるべきってことだな。それを考える。そうか。そう考えたら、計画殺人か、衝動殺人かでも、ぜんぜん話はちがってくるな」

思いつきで言ったが、ここはかなり重要である。カッとなって殺したのなら衝動殺人だが、この事件はちがう。あきらかに計画的だ。

殺人の状況をあらためて思い出してみる。

犯人は竜太のアパートに侵入して、竜太が一人であり（夏妃は病院に帰っていた）、酔って寝ていることを確認したうえで、凶器の紐を持って背後から迫っていた。その直前で、竜太は目をさました。自分でも気づかなかったが、背後から迫ってくる犯人の気配で目がさめたのかもしれない。

犯人はびくっとして、一時停止しただろう。だが、竜太は一度は目がさめたものの、またテーブルに突っ伏して眠ろうとした。犯人はすかさず、背後から首を絞めた。そう考えるのが普通だ。

つまり、これは計画殺人。犯人は寝こみを襲おうとしたのだ。

竜太を殺したあとは、どうするつもりだったのだろう。

計画殺人なら、殺したあとで死体をどうするかも事前に考えていたはずだ。自首するつもりがないなら、自分が捕まらないための工夫を用意していたはず。たとえば死体をどこかに埋めて、行方不明に見せかけるとか。

「四分経過、残り六分です」と沙羅が言う。

「いや、ちょっと待てよ。変だぞ」

これは計画殺人だ。だとすると、犯人はいつどこで殺すのか、あるいは殺し方もふくめて、自分で選べたはずだ。竜太は警戒心の強い人間ではない。最近はへべれけで、無警戒といってもいいくらいだ。

殺そうと思えば、いつでも殺せた。なのに、なぜあのとき、あの場所で、あの殺し方だったのか。そこには理由があったはずだ。

そう考えると、不自然な点がある。その不自然な点に合理的理由があるとすれば、そこから真相にたどり着けるかもしれない。

それこそが推理のポイントだ。

まずは場所。なぜ自宅アパートなのか。というのも、あの日、あのアパートに竜太が一人でいたのは偶然だ。入院している夏妃はともかく、本来であれば、志郎や汐緒里が子供部屋にいたはずだ。

あの日はたまたま二人が汐緒里の友だちの家に泊まりに行っていた。なぜ二人が、特に志郎まで、汐緒里の友だちの家に泊まりに行くことになったのかは知らない。ただ、夏妃はそのことを承諾していた。

いや、夏妃が勧めたのかもしれない。

むしろ夏妃が、汐緒里の友だちの母親に、つまりママ友に、今夜だけ二人の子供を預かってほしいと頼んだのかもしれない。そうすれば深夜に病院を抜けだして、子供に邪魔されず、夫婦だけで水入らずの時間を過ごせる。自宅で一緒にワインを飲んで、いわば最後のデートをすることが目的だった。

だとしたら犯人は、あの夜、志郎と汐緒里が友だちの家に泊まりに行っているのを知っていた人物ということになる。

つまりアパートには竜太が一人でいて、おそらくいつも通りに酔っ払っているだろうと思って、犯行を決意した。夏妃が自宅に戻っていたのは、犯人にとって予定外だったかもしれない。だが、その後、夏妃はタクシーで病院に戻り、竜太一人になった。そこで犯行に踏みきった。そういうことだろうか。

それが犯人の条件だとすると、当然、夏妃、志郎、汐緒里は知っていた。そして汐緒里の友だちの家族、あるいはそれらから聞いた人物。だが、これだけでは犯人の特定にはつながらない。

ともかく犯人は、志郎と汐緒里が不在であることを知ったうえで、部屋に侵入し、竜太が一人で酔って寝ているのを見て、殺害におよんだ。

いや、だとしてもおかしい。だって犯人はいつでも竜太を殺せたのだ。

場所は、あのアパートでなくてもいい。竜太は、最近はいつも酔っ払っている。泥酔して路上をふらふら歩いているところを、車に連れ込んで殺害し、そのまま死体を車で運んでどこかに埋めてしまうとか、犯行後の死体処理まで考えたら、他にいくらでも容易な方法があったはずだ。

志郎と汐緒里は、あの夜はたまたま不在だった。しかし、二人がアパートにいない時間帯は他にいくらでもある。今は冬休みだが、学校がはじまれば、学校に行っている時間は家にいない。そして竜太は、昼間でも酔っ払って家で寝ている。いつでも殺せるのだ。その日しかできなかったわけではない。むしろ、いつでもやれた。もっといい条件のときがいくらでもあったはずなのだ。

なぜその日だったのか。

これが計画殺人なら、「いつ、どこで」を犯人は選べたはずだ。殺し方もそう。なぜ絞殺なのか。背後からなら刺殺でもいいし、鈍器で後頭部を殴りつけるのでもいい。そのほうが難易度は低そうだ。

なぜ「今」なのか。なぜ「アパート」なのか。なぜ「絞殺」なのか。

そこに理由があるとしたら。

「あっ」

ふいに浮かびあがる、意外なある容疑者の顔。

「まさか」

犯人は夏妃だ。「今」「アパート」「絞殺」、そのすべてに合理的理由がつくのは、夏妃以外にいない。でも、なぜ？　動機が分からない。

夏妃からの愛を疑ったことはない。竜太がどんなダメ人間でも、どんなにダメなことをしても、夏妃が怒ったことは一度もなかった。

でも、考えてみれば、それも不思議なのだ。竜太は家に一円も入れていない。事実上のシングルマザーで、夏妃一人で二人の子供を育てていた。竜太を見捨てて、子供を連れて家を出ていったって、なんの問題もなかったはずだ。

なぜそうしなかったのだろう。

夏妃は、ずっと俺に腹を立てていたのだろうか。だから死ぬまえに、いっそ殺してやろうと。だとしたら、動機は怨恨ということになる。

いや、でも……。

もちろん、殺されても仕方ないことはしてきた。働きもせず、飲んだくれて、家庭を破壊するようなことばかりしてきた。

でも、だとしても、殺人者としての夏妃のイメージが頭に浮かんでこない。

もし夏妃が殺人を犯すとしたら、他にどんな動機が考えられる？

「六分経過、残り四分です」

沙羅の声を聞いた瞬間、頭の中ですべてがつながった。

「そうか、そういうことか」

金でも怨恨でもない。動機は、二人の子供の将来のため。

夏妃の立場になってみれば分かる。

余命宣告を受け、死を覚悟した夏妃が、もっとも心配したのは二人の子供のこと。特に父である竜太が、子供たちに災《わざわ》いをもたらしかねないことだった。竜太は無職であり、収入はゼロ。自身のこづかい（多くは酒代）は凌から巻きあげていたが、生活費は一円も入れていない。これまでは夏妃が働いて、生活費をまかなっていた。

この状況で夏妃が死んだら、どうなるか？

家賃は払えなくなり、アパートから追いだされる。竜太の再就職は難しい。そうなれば竜太のことだから、凌への脅迫をさらにエスカレートさせるだろう。あるいは別の犯罪に手を染めるかもしれない。

幸い、貴道がいいところに就職できた。志郎と汐緒里を引き取ってくれることになっている。だが、竜太と貴道は険悪な関係にある。金に困った竜太が、貴道を脅迫するとか、竜太が罪を犯して、とばっちりで貴道も被害にあうとか、そのせいで志郎と汐緒里の面倒を見られなくなる。そういうことだって起こりうる。

夏妃が死ねば、竜太を制御する存在はもうなくなる。ブレーキの壊れた竜太が、何をしでかすか分からない。

どう転んでも、志郎と汐緒里の将来に影を落とす。

だから殺すしかないと考えた。それが動機だ。子供たちに禍根《かこん》を残さないために、自分が生きているうちに竜太を殺そうと。

ただ、その時点で夏妃の体はボロボロになっていた。立つのもやっとの状態では、竜太を殺すのは難しい。できるとしたら毒殺だが、致死量の毒を手に入れるのが困難だし、竜太がうまい具合に飲んでくれるかも分からない。

だから、誰かに竜太の殺害を依頼するしかなかった。つまり、夏妃から依頼された実行犯Xがいることになる。

では、夏妃は誰に竜太の殺害を依頼したのか。また、なぜXは竜太の殺害を請け負ったのか。そのための交換条件はなにか。

金で依頼したことはありえない。夏妃にそこまでの貯金はない。おそらくX自身にも竜太を殺したい動機があったか。あるいは夏妃に同情して、二人の子供のために道義的に殺人を請け負ったかだ。

そしてここがもっとも重要な点だが、殺害を請け負う条件は、竜太殺害の罪を、夏妃が死後に一人でかぶることにあったはずだ。

まとめると、こういうことになる。

夏妃は、自分の死が迫っているのを実感していた。あと何日ももたないという差し迫った状況にあった。そこで実行犯Xに依頼する。竜太を殺してくれと。そのかわり殺人の罪は、死後に夏妃がかぶるという約束で。夏妃の筆跡で、私が夫を殺しましたと、遺書を残しておけばいい。

しかし夏妃が罪をかぶるとしても、アリバイが問題になる。夏妃は入院していて、外出許可はもう下りない。ずっと病院にいたらアリバイがあるので、竜太を殺していないことがバレてしまう。

したがって一度は病院を抜けだす必要があった。そこであの夜、竜太に言って、病院を抜けだしたのだ。神社に行ったあと、自宅アパートに戻る。竜太を殺す力はもう夏妃にはない。そこで実行犯Xに依頼する。

竜太にワインを飲ませたのは、泥酔させて犯行を容易にするため。竜太が酔っ払って眠ったら、Xを呼んで竜太を絞殺してもらう。夏妃はタクシーで病院に戻る。Xは、おそらく竜太の死体を、以前、沼田じいさんが住んでいた隣の空き部屋に移したはずだ。部屋の鍵は、竜太がピッキングで開けてあるから、自由に出入りできる。夏妃が死ぬまで、せいぜい一週間。真冬の寒い時期なので、死体の腐敗はさほど進まない。ずっと空き部屋だから、発見される恐れはまずない。

隣の部屋に死体を移したのは、志郎と汐緒里に発見させないためだろう。絞殺だった理由もそこにある。刺殺や撲殺だと、出血するので部屋が血まみれになり、犯行を隠すことができなくなる。

つまり夏妃が死ぬまでのあいだ、死体を発見させないための配慮だった。

そして夏妃は死ぬ。遺書が出てきて、罪の告白がある。病院を抜けだしたとき、夫を殺して、死体を隣の部屋に隠したと。実際にその通り、死体が発見される。警察は、夏妃の犯行と断定せざるをえない。あんなに弱った細腕で、竜太を絞殺できたかという疑問は残るが、遺書に竜太を泥酔させて、底力を振りしぼってやったと書いておけば、どのみち死後なので尋問はできず、ボロを出すこともない。それで通るだろう。夏妃が一人でやったと書いておけば、Xは罪をまぬがれる。

このように夏妃が主犯だとすると、いつ、どこで、なぜあの殺し方だったのかという説明がきれいにつく。

第一に、今でなければダメなのだ。夏妃は死が近いのを察していた。明日には立つこともできなくなるかもしれない。三学期がはじまってからでは遅い。だから今、ぎりぎり体が動くうちに、ただちにやる必要があった。そこで志郎と汐緒里を友だちの家に泊めさせてもらって、計画を実行した。

第二に、場所がアパートであることも、夏妃が殺す場所としてはもっとも自然だし、死体を隠しておく場所もある。これが大きい。

第三に、絞殺も、この殺し方なら出血しないということが大きかっただろう。

すべての状況が、夏妃が犯人であることを指し示している。

犯人は夏妃。間違いない。

病院を抜けだして、神社に行ったとき、夏妃は神に何を祈ったのだろう。

犯行の成功だろうか。

そして神社から自宅アパートに戻るまでの車中で、夏妃が言った言葉。

「――ああ、俺のことは心配すんな。俺一人なら、なんとかならあ」

「あなたのことは心配してない」

「そうか。へへっ」

あの言葉は嘘ではなかった。夏妃は竜太の心配はしていなかったのだ。このあと殺すつもりだったから。

あるいは一番の動機は、志郎や汐緒里以上に、竜太の心配だったかもしれない。竜太を一人、この世に残していくことを不憫《ふびん》に感じて、それなら一緒に死のうと、殺害におよんだのかもしれない。

「八分経過、残り二分です」沙羅が無慈悲に告げた。

時間がない。感傷にふけっている場合じゃない。

主犯は夏妃。これはもう間違いない。だが、推理はまだ半分。

夏妃のあの細腕で、竜太を絞殺するのは不可能だ。実行犯Xが誰か分からなければ、謎を解いたことにならない。

容疑者は四人。

第一に貴道。志郎や汐緒里のために、ろくでなしの父は死んだほうがいいと思って、夏妃に同調した可能性はある。

次に大森と郡司。大森は教師の立場で、郡司は児童相談所の職員の立場で、夏妃に同情して、あるいは竜太に憤慨《ふんがい》して、道義的に協力した可能性はある。この二人には共犯の可能性もある。

そして織江凌。凌にとって竜太は脅迫者である。夏妃が罪をかぶるなら、自分が殺してもいいと判断した可能性はある。

逆に志郎は外れる。夏妃が志郎にやらせるわけがないからだ。

とりあえず四人。依頼を引き受けた理由はどうあれ、取引としては成立する。だが、容疑者が一人減っただけで、状況はあまり変わらない。

ここからどうやってXを特定するか。

原点に戻って、沙羅に言われた通り、もう一度、違和感、矛盾点、不思議なことはなかったかを考えてみる。

四人には殺される前日に会っている。そのときの会話をできるかぎり思い出してみる。

凌はほとんどしゃべっていない。だが、金はすんなり出してくれた。

大森と郡司は、法的手続きがどうとか言っていた。

貴道は、別の会社に就職すると言った。どこの会社かは聞いていない。ただ、収入は増えるという話だった。

よく考えたら、これはおかしい。

通常、貴道のような中年は、転職するたびに条件が悪くなるはずだ。よりよい条件で再就職できるのは、ヘッドハンティングされるくらいの職業技能を持っている場合だけ。貴道にそんなものはない。

好条件で就職できたというのは嘘なのか。

再度、夏妃の立場で考えてみる。

自分の死を悟ったとき、夏妃の心配は二人の子供のことであったはずだ。だが、夏妃はけっして過保護ではなかった。成人するまで育てるのが親の役目で、それを過ぎたら自己責任である。塾に通わせる金はなかったけど、読書の習慣を身につけさせるとか、夕飯前の三十分、夏妃が夕食を作っているあいだに宿題をやらせるとか、そういうことはしていた。夏妃は、自分が死んだあとでも、志郎と汐緒里が成人するまで安心して暮らせる環境を残してやりたいと考えていたはずだ。

そのためにまず、トラブルメーカーの竜太を殺す。

問題はそのあと。

児童養護施設は、環境的に劣悪なところも少なくないという。兄妹が離れ離れになってしまう可能性もある。それは避けたかったはず。

だから夏妃は、貴道に二人を預かってもらおうとした。しかし貴道の経済状況では、本来、二人の子供を引き取る余裕なんてなかったはずだ。このタイミングで、好条件で再就職できたなんて、できすぎのような気がしてきた。

偶然だろうか。いや、偶然じゃないとしたら。

計画を立てたのは夏妃だ。すべては子供のため。

もう一度、夏妃の立場になって、すべてを見直してみる。

ふと気になったのは、写真だ。

病院を抜けだして、神社に行き、自宅アパートに戻るまでの車中、あのとき、いま思えば、夏妃は文字通り、最後の力を振りしぼっていた。

そして夏妃は、あの写真を燃やした。

夏妃は、竜太が凌を恐喝していることは知っていた。

しかしなぜ竜太が、志郎の実の父が凌だと知ったのかまでは知らなかった。夏妃の文庫本に挟んであった写真で知ったのだが、そのことを話して写真を渡すと、夏妃はライターで燃やして、窓から捨てた。

さらに、その事実を誰にも話していないことを確認した。


「そのこと、誰かに話した？」

「話すわけないだろ。大事なゆすりのネタだ。宝物の隠し場所を誰かに話すようなバカはいねえよ」


つまり夏妃は恐れていたのだ。志郎が織江家のお家騒動に巻き込まれることを。

考えたら、志郎は凌の子供なので、遺産相続の対象になる。DNA親子鑑定を請求すれば、織江家の財産を、息子の准一と分けあって相続できる立場になる。そもそもだが、凌に隠し子がいるとバレただけで、週刊誌につきまとわれかねない。どんなトラブルに巻き込まれるか分からない。

そんなことを夏妃は望んでいない。志郎のために、織江家の財産をぶんどってやろうなんて考えはかけらもない。志郎には自分のやりたいことを見つけて、自分の力で道を切り開いて、夢を叶えてほしい。夏妃はそう考えていた。だから志郎は、本当の父が凌であることを知らなくていい。

それを知るのは、竜太と夏妃と凌の三人だけ。竜太を殺して、夏妃が死ねば、凌が自分で言うわけはないのだから、もう秘密がバレる恐れはない。だから写真を燃やして、その秘密を誰にも話していないことを確認した。

夏妃が望んだのは、志郎と汐緒里が成人するまで安心して暮らせる環境を残すこと、それだけだったはずだ。

そのために①竜太を殺すこと、②貴道が経済的に安定したうえで、二人を引き取ってもらうこと。この二つが肝要だった。さらにいえば、③織江家のトラブルに巻き込まれないことまでをふくんでいた。

この①、②、③を包括した殺人計画であったといえる。

とすると、実行犯Xはあいつしかいない。

だが、証拠がない。推理としても弱い。他の三人より疑わしいというにすぎない。

さらに疑問が一つ。

夏妃が死んだあとで、約束が守られる保証がまったくないのだ。夏妃が死んだら、Xは夏妃との約束を守る必要なんかなくなる。夏妃は自分の死後、どうやってXに約束を守らせるつもりだったのか。

物的証拠……。

「そうか。だからスマホを――」

「残り十秒、九、八、七、六」沙羅のカウントダウンがはじまった。

謎は解けた。

夏妃が考えた、夏妃らしい殺人計画だった。

その謎を解くために、名探偵である必要はなかった。夏妃が死を目前にして何を考えたか、それは夫である自分が一番分かっている。

まさに殺人事件＝A＋B＋C。AとBとCは目の前にあった。あとはそれを組み合わせるだけで、おのずと事件の構図は見えてくる。

「五、四、三、二、一、終了です。謎は解けましたか？」

「ああ」竜太は力強くうなずいた。

# 15

「へっくしょん」

沙羅は豪快にくしゃみをして、鼻をかんでから、ティッシュをゴミ箱に投げた。ノールックで投げたのに、正確にゴミ箱に入った。

「では、解答をどうぞ」

「犯行計画を立てたのは夏妃。だが、実行犯は別にいる。ここはいいよな？」

「それで？」

「夏妃の心配は、自分の死後に残される二人の子供のことだった。不安材料は、第一に父である俺。無職の俺が、金欲しさに何をするか分からず、しかも子供を巻き込みかねないこと。第二に二人の預け先。俺はあてにならないし、児童養護施設にも不安があった。夏妃はこの二つを一挙に解決する方法を考えた。

夏妃は、過去に交際していた織江凌に接触して、二つのことを要求した。一つは、貴道に安定した職を与えること。貴道の就職先は、オリエ系列のどこかだろう。社長なんだから、これは簡単だ。もう一つは、俺を殺すこと。夏妃自身の手で殺せればいいけど、その時点でもう体力が残っていなかった。そのため凌に頼んだ。ただし、その罪は死後に夏妃がかぶるという条件で。

凌はこの要求を飲んだ。凌は俺に腹を立てていただろうし、同時に隠し子がいることを妻やマスコミに知られるのを恐れていた。だからこそ俺の脅迫に屈して、大金を払っていたんだ。しかし俺を野放しにしていれば、いつどういうかたちで秘密がもれるか分からない。俺を殺し、夏妃が死ねば、秘密を知るのは凌だけになる。夏妃が罪をかぶるのであれば、自分が殺しを請け負ってもいいと判断した。

計画はおおむねこういうものだ。まず夏妃が病院を抜けだす。罪をかぶるなら、アリバイのない状態を作っておく必要があるからだ。かといって自分の足で歩くのはもう難しい状況だった。だから俺自身を利用した。

病院を抜けだして、神社に行き、自宅アパートに戻る。酒を飲ませて眠らせてから、凌に殺させる。死体はおそらく隣の空き部屋に隠した。夏妃は死ぬまえに、自分が夫を殺したという遺書を書いておく。そして死後、遺書の通り、隣の部屋から死体が発見される。警察は、夏妃が殺したものと判断せざるをえない。あとは志郎と汐緒里が貴道に引き取られて、計画は終了する。というわけで、実行犯は織江凌」

沙羅は首を横に振った。

「ダメですね。計画立案者が夏妃さんというのはいいとしても、実行犯が織江凌だという根拠が提示されていません。今の推理だと、貴道さんでも通ります。貴道さんがいいところに就職できたのは、地道に勉強していて特殊な資格を持っていたということかもしれないし。あなたの推理は、根拠のない仮説です」

「分かってるよ。本題はこれからだ。まず、計画自体はおおむね、その通りに進んだはずだ。凌に俺を殺させたあと、夏妃はタクシーで病院に戻った。そして死後に遺書が出てくれば完了だ。だが、夏妃には一つ不安があった。というのも、夏妃の死後、凌が約束を守ってくれる保証がないことだ。

夏妃と凌の約束では、凌が貴道をオリエ社のどこかで雇ってくれることが盛り込まれていた。しかし夏妃が死に、遺書によって罪をかぶった時点で、凌がそのあと約束を律儀に守る必要はなくなる。貴道の内定を取り消されても、もう夏妃は死んでいるのだからどうしようもない。

かといって貴道に、志郎の父は凌であることを教えて、もし会社をクビになったりしたら、そのことで凌を脅迫しろ、なんて言えない。貴道はそんな駆け引きができる人間じゃないし、第一、秘密を知る人間を増やすのは危険だ。トラブルの種をまくようなものだからだ。志郎が織江家のトラブルに巻き込まれることを、夏妃はもっとも恐れていた。だからこそ、あの写真を燃やしたんだ。

夏妃にとっては、凌が自分の死後も約束を守り続けるという保証が必要だった。そこで考えたのが、あのスマホ。

俺が殺される直前のことだ。テレビ台の下に、夏妃のスマホが立てかけられているのを見つけた。あれは忘れていったんじゃなく、あえて置いていったんだ。背面がこちらを向いていたから分からなかったが、録画モードになっていたはずだ。したがって凌が俺を殺すところが録画されていた。

そして後日、その録画映像を凌に見せて、このデータをあなたが絶対に知らないはずの人に預けたと脅迫する。もし自分の死後、貴道を解雇したり、志郎や汐緒里に害をなすようなことをすれば、この映像が警察の手に渡ることになると。実際に、データを誰かに預けたかは知らない。ただ、そう言っておくだけでも充分な効果がある。凌からすれば、殺人犯として捕まる可能性が一パーセントでもあれば、下手なことはできないだろう。夏妃にとってはそれが保証になる。

もし貴道や、あるいは大森や郡司が共犯者なら、そもそも道義的に協力してくれているわけだから、そんな保証はいらない。そんな保証が必要になるのは、基本的に信用できない相手である凌だけ。つまりテレビ台の下に、あえてスマホの背面、すなわちカメラのレンズがあるほうを俺に向けて設置していたこと。それが犯人が織江凌であるという物的証拠になる。この推理でどうだ？」

沙羅は足を組んだまま、タブレット型パソコンを見つめている。笑顔はなく、にらみつけるような表情は変わらない。

「正解です」と沙羅は言った。「犯人は分かってしまったので、少し補足説明してあげましょう。夏妃さんは自分の死を悟ったとき、残りの時間で何ができるかを考えました。心配なのは、まだ幼い二人の子供のこと。そして一番の不安要素は、父であるあなたでした。夏妃さんが死ねば、あなたは今以上にコントロール不能になる。犯罪者になるかもしれない。あなたの軽率な行動によって、志郎が凌の子供だとバレて、トラブルに巻き込まれる可能性もある。

いや、最大の不安は、志郎がいつかあなたを殺してしまうかもしれないという恐れでした。志郎の、あなたを見るときの目。普段は優しい志郎が、あなたに対してだけはあんな憎しみに満ちた目をする。今は小学生ですが、中学高校に入って体が大きくなったら、カッとなってあなたを殴り、傷害致死事件などに発展しかねない。あなたは知らないでしょうが、志郎には夢があります。アルピニストになることです。志郎には自由に夢を追いかけてほしい。それが夏妃さんのささやかな願いでした。愚かな父にわずらわされたり、父のせいでトラブルに巻き込まれたりすることなく。そのためには、あなたに死んでもらわなければならない。

自分の手で殺せればいいけれど、その時点で夏妃さんはひどく弱っていました。もはや手を強く握ることもできない。罪は自分でかぶるとして、誰かにやってもらわなければなりませんでした。本当は、志郎たちの学校がはじまる冬休み明けにやるつもりでしたが、ここ一週間でもどんどん体が弱ってきて、死に近づいていく。冬休み明けまで待っていられない。やるなら今しかない。

もう一つ、自分の死後、志郎と汐緒里を安心して預けられる場所を見つけることも必要でした。児童養護施設では不安がありました。貴道さんなら人としては安心だけれど、経済的に難しい。

その両方を一挙に解決する方法として考えたのが、今回の計画です。

夏妃さんは凌に接触しました。あなたが凌を脅迫していることは知っていて、黙認していました。夏妃さんは凌に二つの条件を出します。①貴道さんに職を与えること、②あなたを殺すこと。ただし、その罪は夏妃さんが死後にかぶる。

凌はあなたの脅迫に心底いらだっていましたし、隠し子のことがいつ妻や世間にバレるか、ひやひやしていました。夏妃さんが罪をかぶるなら、あなたを殺すメリットのほうが大きいと判断して、その条件を飲みました。

あとはあなたの推理通りです。

決行の日。志郎と汐緒里は貴道さんの家に預けるつもりでしたが、ちょうど汐緒里が友だちの少女を病室に連れてきたので、その晩はその友だちの家に二人を泊めてもらうことにしました。そしてあなたを病室に呼びだす。

病室に入ってきたあなたの顔には、殴られたアザがありました。あなたは酔っ払って喧嘩をしたと嘘をつきましたが、夏妃さんは志郎に殴られたのだと直感しました。今回はこの程度ですみましたが、次は事件に発展しかねない。やはり志郎のために、あなたを殺さなければならないと、あらためて強く犯行を決意しました。

なぜあなたが、志郎の父は凌だと知ったのかはずっと疑問でしたが、写真だと聞いて納得しました。凌との関係を示すものはすべて処分したつもりでしたが、写真を一枚、捨て忘れていたということですね。その写真を燃やしてしまえば、もう志郎の父が凌だと推測できるものはなくなる。

神社に行ったのは、神にもすがりたい気持ちがあったからです。そして自宅アパートに戻る。隣の部屋には、凌がスタンバイしています。

酒を飲ませれば、あなたはへべれけになって眠ってしまい、犯行が容易になると考えました。あなたが『酒をやめた』と言って飲むのを拒否したのには驚きましたが、無理にでも勧めました。しかしあなたがなかなか酔わないので、眠ってしまうまでに時間がかかったのが、誤算といえば誤算です。

やっとあなたが眠った。深く寝入るのを待って、夏妃さんは隣の部屋にいる凌を呼びに行きました。万が一、部屋を出たあとで、あなたが目をさまして、夏妃さんがいないので、あわてて外に飛び出したりしないように、『タクシーで病院に帰ります』というメモを残しました。チャンスはこれ一回しかないですからね。夏妃さんは細心の注意を払い、計画を実行にうつしました。

実際、あなたは眠りが浅く、凌が部屋に入ってきた物音で目をさましました。ただ、メモを見て、夏妃さんがタクシーで帰ったものと思い、また眠った。すかさず、背後に迫っていた凌が首を絞めました。

例の、夏妃さんのスマホ。あなたの言う通り、忘れたのではなく、録画モードにして立てかけておいたのです。死後に遺書が出てきて、死体が発見され、夏妃さんが罪をかぶるまではいい。ですが、そのあとに貴道さんに職を与えるという約束を、凌が守ってくれる保証がないことが問題でした。

そこで殺人シーンを録画して、あとで凌に見せて脅すつもりでした。この映像をある人に預けた。夏妃さんが死んだのをいいことに、もし凌が約束を反故《ほご》にして、貴道さんを解雇したりすれば、ネット上に公開されると。実際には預ける人なんていません。ただ、その映像を見せて、脅すだけで充分に効果があると思いました。そのあとでデータは削除する。それがおおよその真相です」

すべての光景が目に浮かんだ。

殺人事件＝A＋B＋C。Aは、夏妃の死期が迫っていて、自力では殺せない状態にあったこと。Bは、貴道に安定した職を与える必要があったこと。Cは、夏妃が罪をかぶるという条件つきなら、凌が竜太の殺害を請け負ってもいいと判断する状況にあったこと。三要素が組みあわさって、一つの殺人事件が構成された。

夏妃は竜太を殺したかったわけではない。殺すしかなかったのだ。志郎と汐緒里に災いをもたらしかねない父親だから。

「ただし、計画通りにはいかなかったようです」と沙羅は言った。

「えっ、どういうことだ？」

「実はあなたの死後、半日ほど経っています。あなたの死体は、凌が隣の空き部屋の押し入れに隠しました。その隙に夏妃さんはスマホを回収し、部屋を片づけたあと、タクシーで病院に戻りました。凌も帰宅しました。ですが、隠した死体は、計画では夏妃さんの死後に発見される予定だったのですが、翌朝には発見されてしまいました。夏妃さんはまだ遺書を用意していません。スマホで犯行を告白する動画を自撮りするつもりだったのですが、病院に戻って、ひと息つく間もなく、警察が来てしまいました。そして警察の初動捜査で、第一容疑者として挙がったのは志郎です」

「志郎が？　なぜ？」

「前日にあなたを殴っているからです。その騒ぎを、アパートの住人が聞いています。夏妃さんは自分がやったと自供しましたが、あの弱った体で絞殺できるわけがないし、息子をかばうために自分がやったと嘘をついているのだろうと警察は判断しています。夏妃さんは力を使いはたし、今は意識さえ朦朧としています。ドクターストップで警察の尋問は中止されましたが、どうにもならない状況です」

「あのよ、沙羅」

「はい？」

「志郎や汐緒里も死ぬかもしれないとか言ってたよな。それって、もしかして」

「そういうことです。あなたが派手に動きすぎです。小指のないヤクザふうの男が堂々とオリエ本社を訪ねてきているわけですからね。受付の女性からすれば、たとえ社長の凌から口止めされていても、実質トップの織江三紗に報告せざるをえない。三紗は、社長室に盗聴器をしかけています。あなたのことも調査ずみ。志郎が凌の隠し子であることも見当がついています。


とすれば志郎は、三紗の息子である准一の腹ちがいの兄ということになる。DNA親子鑑定を請求されて、凌の子供と認知されたら、遺産相続の対象にもなります。三紗は、自分こそがオリエ社を大きくしたという自負があります。しかし株を持っているのは、社長である夫。この会社を、溺愛する准一に百パーセント受け継がせたいというのが、三紗の望みです。

三紗からすれば、准一に腹ちがいの兄がいることだけでも許せない。すでに志郎殺害計画を立てています。反社会的勢力に依頼して、志郎を事故死に見せかけて殺すべく、画策しています。今のところ未遂に終わっていますが、一緒にいる汐緒里まで巻き込まれてもおかしくない状況です」

「沙羅、俺をはやく生き返らせてくれ」

「あわてずに。ええと、生き返らせると言いましたけど、正確には時間を戻すのです。時間は空間とともに一定方向に進んでいくのですが、それを巻き戻します。あまり巻き戻すと、あとで調整が面倒なので、死の直前まで」

「俺が殺される直前ってこと？　一分前とか？」

「十二秒前です。ただし、ここに来た記憶はなくします」

「一度死んだことも、沙羅のことも忘れるってことか？」

「はい」

「そりゃそうだな。俺がみんなにしゃべったら、死後の世界があるって分かっちまうもんな。信じてもらえるかは分からねえけど。でもそれだと、生き返っても、また殺されるだけじゃねえのか」

「そうならないように、こっちでうまくやります」

「分かった。ともかく俺が生き返ったあとの歴史は変わるってことだよな。うん、それでいい。はやくやってくれ」

沙羅は回転椅子をまわして、デスクに向きなおった。タブレットをキーボードにセットして、一分ほど打ち込んだ。あらためて振りかえる。

「では、まいりましょうか」

「ちょっと待ってくれ、沙羅」

「なんですか?」

「あのよ、生き返らせるのは俺じゃなくて、夏妃にしてくれねえか。ほら、夏妃ももうすぐこっちに来るだろ。俺はこのまま地獄行きでいいからさ。代わりに夏妃を生き返らせてくれよ。閻魔様ならできるだろ」

「できますけど、意味ないと思いますよ。閻魔は時間を戻せても、病気は治せません。病気のまま生き返るだけなので、すぐに死にます」

「それなら、二年前に時間を戻してもらえればいいんだよ。病気になるまえだから、早期発見できて――」

「そんな昔に時間は戻せません」

「なんとかならねえのか。俺が生き返ってもしょうがねえだろ。正直、俺は死んだって聞いたとき、ホッとしたくらいなんだ。俺は、たぶん死にたかったんだ。夏妃はそれを分かっていたから、一緒に」

「とにかく無理です。閻魔にもできないことはあります」

「俺が生き返ったって、まわりに迷惑をかけるだけだ。志郎や汐緒里に害をなすだけだ。沙羅だってそう思うだろ。だからよ」

「そうですね。あなたが生き返ったところで、どうせ無駄です」

沙羅は、足を組みなおした。

「どうせ無駄なんですよ。あなたみたいに、なんの努力もしてこなかった人間を生き返らせたところで。ずっとちゃらんぽらんに生きてきて、もう四十代半《なか》ばです。人間は、生まれつきの能力にはほとんど差がありません。もともとの脳の性能がよくないですからね。IQ180も120も、どんぐりの背くらべで、私から見ればどっちもバカです。虎は最初から強いけど、人間は強くなろうと努力しなければ強くなりません。勉強しなければ賢くならない生き物なんです。

人間の能力は、努力によってしか開発されません。問われるのは、毎日の積み重ねであり、日々の生きる姿勢です。それはたとえば、毎日の電車通勤に一時間かかるとして、その一時間で何をするか。その一時間で携帯ゲームをやっている人間と、少しでも知識を増やそうと読書する人間の差なんです。今の自分に必要なもの、足りないものは何かを考えて、できることを探して取り組める人間かどうか。自分の価値を高めるための努力を、その一時間でするかどうか。

早起きして作った一時間でもいいし、寝るまえの一時間でもいい。その一時間で、楽を選ぶか、苦を選ぶか。

仕事中に仕事をするのはあたりまえです。でも本当に大事なのは、仕事外になんとか時間を作って、仕事につながる何をするかなんです。タフでなければタフな仕事はできないと思って、ランニングなど体力作りに取り組んでいる人は、それを何年も続けることによって心身ともにタフになり、タフな仕事ができるようになっていきます。アイデア帳や思索ノートを作って、その日に知ったこと、考えたことを書きつらねていけば、知の財産が銀行預金のように貯《た》まっていき、精神世界が拡充していきます。そういう努力を毎日しているかどうか。

それは一日一歩の差かもしれません。ですが、一年で三百六十五歩、十年で三千六百五十歩の差になります。それだけの差がついたら、もう追いつくことはできません。生まれつき能力の高い人はいません。あらゆる能力は、その日その日、その一時間の継続的な努力によってしか開発されません。生まれもった才能なんてないんです。努力という対価を払い続けることでしか、技術は獲得できない。一歩一歩進んでいくことでしか、真理にたどり着けない。

ただし、本当に努力している人ほど、努力しているとは自分では言わないし、努力している姿を人に見せたがらない。それどころか、まだ努力が足りない、まだまだダメだと、自分にムチを打っています。努力している姿を人に見せないから、生まれつき才能があるのだろうと世間では思われていますが、ここそこ隠れて血を吐くような努力をして、それでもまだ足りないと自分を酷使できる人間を天才と呼びます。逆に、人が見ているところだけ頑張っているフリをして、誰も見ていないところでは怠けて遊んでいる人間を凡人と呼びます。

努力は日々の積み重ねなので、急激な変化は起きません。二十代、三十代ではそれほど差がつかない。ですが、四十代になれば、一日一歩の差が積み重なって、気がついたら何千歩という差がついている。大器晩成とは、その一日一歩の努力を続けた結果、本物の実力を身につけた人のことを言います。毎日続けているから、いつのまにかできるようになっている。すぐにはできなくても、続けることによってできるようになっていくのが人間です。毎日考えているから、アイデアやひらめきも生まれてくる。想像力ではなく、ずっと考え続けるという脳の耐久力なんです。四六時中、朝から晩までノイローゼになるくらい考え込んでいるからこそ、新しい発想が出てくる。

四十代以降に報われるべきなのは、それまで報われなくとも努力を続けてきた人間であって、あなたのような人間ではない。今さら努力したって無駄です。もはや若者のようには知識も吸収できないですしね。千里の行《こう》も足下《そっか》にはじまる。今から歩きはじめても、千里にはたどり着けない。他人をバカにして生きてきたから、努力している人間が陰でどれだけ苦労して、どれだけの代償を払っているかも見ていない。だから四十代になっても、努力の仕方が分からないとか、何を努力したらいいのか分からないなんて言っている、そんなレベルの人間です。

あなたの人生は、他人の弱みにつけこんで、金を巻きあげ、あとは酔っ払っていただけです。あなたが他人の金で酒を飲んで、いい気分でいたときに、のちに成功する人たちは歯を食いしばって努力していたんです。生まれつき才能に恵まれていたわけでもなく、運がよかったわけでもなく、不断の努力によって成功をたぐりよせたんです。そして十年、二十年単位で続けたもの以外、努力とは呼ばない。

これまでずっと怠けてきて、四十歳もとうに過ぎて、今さら頑張ったって無駄なんですよ。人間の能力なんて、伸びるときに伸ばさなければ、もう伸びないですから。能力が伸びる時期はとっくに過ぎ去っています。ですから、無駄です。改心して人生をやりなおしたいなんて言ってみても、あなたにはどうこうする能力もないし、その能力が伸びることもないですから」

一方的に言われた。気持ちいいくらい、反論の余地がなかった。

「だとしたら……、なぜ俺を生き返らせる？」

竜太は、声を絞りだして言った。

「地獄に落とせばいいだろ。俺が生き返ったって、誰にも喜ばれやしねえ。どうせ飲んだくれに戻るだけだ。それどころか、犯罪者になって、人を傷つけて、志郎や汐緒里の人生をめちゃくちゃに破壊するかもしれないぞ。夏妃がそう考えたように、俺はいなくなったほうがいいんだ」

「………」

「なのに、なぜ俺を生き返らせる? わざわざこんな面倒なことをしてまで」

「さあ」沙羅は自分でも不思議そうに、首をひねった。「ホント、なぜなんでしょうね。わざわざこんな面倒なことをして、なぜあなたみたいなクズを生き返らせなければならないのでしょうか?」

沙羅は足を組んだ姿勢で、まっすぐ竜太を見すえている。

その強すぎるまなざしに、一瞬、強烈なフラッシュを浴びたように、目がくらんでしまった。

沙羅のその顔、その目。どこかで見たことがあるような気がした。

そう、アミダニョライ。

善人でも悪人でもない、とらえようのない表情。一つの形容詞では表現しきれない多面性。何色でもない、呑み込まれるような瞳だ。

「もう、いいですか」

沙羅は顔をそむけて、パソコンの画面に向いた。見捨てられたように感じた。

閻魔は何も答えてくれない。

生き返ったら、ここに来た記憶をなくしているという。もとの世界に戻った自分がそのあとどうするのか、自分でも分からない。

酔っ払いのダメ人間に戻るのか、それとも……。

俺に何ができる？　どうしたらいい？　教えてくれ、沙羅。

俺にできることがあるのか？

「では、まいります。時空の隙間にむりやりねじ込むので、めっちゃ痛いですけど、我慢してください」

「……ああ」

「いちおう聞いておきます。本当に生き返りますか？」

「えっ」

「生き返りの権利を放棄することは可能です。このまま死にたいなら、天国行きは無理ですけど、罪一等を減じてあげてもいいですけど」

「………」

「どうしますか？」

夏妃は、俺との心中を望んだ。それが二人の子供のためになると思った。

しかしその結果は、沙羅の話では、すでに破綻している。志郎が逮捕される可能性もある。そうでなくても、志郎は織江三紗に命を狙われている。

俺が生き返ったところで、何ができるかは分からないけど。

分からないけど……。

沙羅は舌打ちした。「面倒くさいなあ。聞かれたことに、パッと答えろよ。ホント、人間の脳って、回転が悪いよな」

「ああ、わりい」

「三秒以内に答えてください。三、二、一、はい」

「分かった。生き返らせてくれ。頼む」

竜太は、沙羅の顔をまっすぐ見すえた。沙羅の表情筋は動いていない。なのに、そこに表情はあって、竜太を蔑んでいるようにも見えるし、鼻で笑っているようにも見える。温かく見守っているようにも見える。

でもたぶん、そのどれでもない。

閻魔は手を貸さない。ただじっと、その人のすべてを見て、その人のすべてを記録し、審判を下すだけ。

沙羅の手が静かに動き、キーボードのエンターキーを押した。

# 16

――突然、首に何かが巻きついた。そのまま引きあげられ、首を絞められる。

背後に誰かいる。

背負い投げのようなかたちで、首に巻きつけた紐を引きあげてくる。紐が首に食い込んだ。体をよじるが、うまくいかない。紐を外そうとしても、皮膚に深く食い込んでいて、指を入れる隙間もない。

すぐに息が苦しくなってくる。もう一度、あがいてみるが、うまくいかない。

苦しい。息が吸えない。

誰だ？　なぜ俺が？

突如、幕が下りたように視界が真っ暗になった。だが、そのとき、ドアが強くノックされる音が聞こえて、意識が引き戻された。

外から声が聞こえる。

「宮沢さん。昨日、お会いした児童相談所の郡司です。いらっしゃいますよね」

その声で、首が絞まる力がわずかに弱まった。

なぜ郡司が？

とっさに助けを呼ぼうとするが、声が出ない。息を吸えない。

「宮沢さん、ドアを開けてください。お願いします」

ふたたび郡司の声が聞こえて、ドアが強くノックされる。

少し冷静になった。息は吸えないが、両手は空いているし、足も動く。テーブルにワイングラスが載っている。竜太は思いきり、こたつごと蹴りあげた。こたつがひっくり返り、グラスが派手に割れる音がした。

「宮沢さん、どうしました？　ドアを開けますよ、いいですね」

ドアが開かれた。郡司が顔を出す。郡司は、信じがたい光景を見たように、両目を大きく見開いた。我にかえって、土足で飛び込んでくる。

「何をしてる？」

郡司が棒を取りだした。伸縮するタイプの警棒で、それを伸ばしてから、竜太の背後にいる敵に叩きつけた。

首を絞める紐がはずれた。竜太は窒息寸前で、体に力が入らず、前のめりに倒れた。郡司は警棒で攻撃を続けている。敵は叩かれる一方で、亀《かめ》のように体を丸めて、両腕で頭部をガードしている。

「やめてくれ！」と男は叫んだ。

抵抗をやめたと見て、郡司は攻撃をやめた。竜太は呼吸を整えてから、その敵を見た。

織江凌だった。

「織江……。なんで、おまえが?」

凌は、黒のハイネックのセーターを着て、革の手袋をしている。青ざめた顔で、戦意を失ってうずくまっている。

ここに凌がいて、郡司がいる。その状況がまったく飲み込めない。

「宮沢さん、大丈夫ですか?」と郡司が言った。

「ああ、なんとか。でも、郡司さんって言ったよな。どうしてここに?」

「うちの緊急ダイヤルに、通報があったんです。アパートのこの部屋から子供の泣き声がずっとするって」

「でも、なんで警棒なんて?」

「護身用です。最近は児童相談所も物騒《ぶっそう》なんですよ。親がキレて、殴りかかってくることもあるので。それより、この男は誰ですか?」

「ああ、こいつは織江凌といって」

「オリエリョウ? ……えっ、あの社長の?」郡司は、凌の顔を見つめた。「あ、本当だ。でもなんで、こんなことを?」

「いや、俺にも分からない」

「志郎くんと汐緒里さんは?」

「ああ、今は友だちの家に泊まりに行ってるよ」

「いったい何がどうなってるんですか?」

「だから俺にも分からねえって」

「とにかく警察を呼びましょう」

「あ、ちょっと待ってくれ」

背後の気配に気づいた。玄関ドアから、夏妃がよろよろと入ってくる。壁に手をあてて体をどうにか支えながら。

色を失ったその顔を見た瞬間、すべてのことが分かった。

夏妃による計画殺人。

夏妃は、計画が失敗して困ったような、あるいはホッとしたような、どちらともつかない表情をしている。竜太の顔を見て、いたずらっ子を見る母親のように、少し笑った。次の瞬間、ひざがくずれて、玄関に倒れ込んだ。

「夏妃、しっかりしろ、夏妃」

竜太は駆けより、抱きとめた。夏妃の目から涙があふれている。興奮したように肩で息をして、震える唇から声がもれてくる。

「……ごめんね、……ごめんね」

「分かってる、夏妃。いいから、もうしゃべるな」

夏妃は力を使いはたし、声を出すのもやっとだった。表情から力が抜けていく。気も遠くなり、瞳孔《どうこう》が開きはじめる。

もう、もたないかもしれない。

「郡司さん。あんた、車で来たのか？」

「はい、下に停めてあります」

「頼む。夏妃を病院まで送ってくれないか。夏妃の病院は分かるか？」

「分かります。それはいいですけど、でも、こいつはどうするんですか？　警察に通報したほうが――」

「そんなやつはどうでもいい。放っておけ」

凌は茫然《ぼうぜん》自失《じしつ》のまま、うずくまっている。顔に血の気がない。

竜太は、夏妃の頬を軽く叩いた。

「夏妃、しっかりしろ。志郎と汐緒里はどこにいる？　友だちの家ってどこだ？」

「……サラちゃんの、……おうち」

「サラちゃんって子の家か。どこにある？　住所は？　連絡先は？」

「……チョウチョウ山」

「チョウチョウ山ってなんだよ。夏妃、それはどこだ？」

郡司が言った。「チョウチョウ山は、昔、この町の町長の実家があった山です。今はめずらしい蝶《ちょう》が生息しているから、自然保護区になっていて、町長と蝶々をかけて、そう呼ばれています」

「それ、どこにある？」

「どこって、車で行くつもりですか？」

「ああ、志郎と汐緒里を連れてくる」

「待ってください。宮沢さん、お酒を飲んでますよね」

「そんなこと言ってる場合じゃねえんだよ」

「どんな場合でも飲酒運転はダメです。分かりました。タクシーを呼びましょう。私は夏妃さんを車で病院に連れていきますから、宮沢さんはタクシーで志郎くんと汐緒里さんを連れてきてください」

「……ああ、分かった。それでいい」

　郡司はスマホを取りだして、二十四時間営業のタクシー会社に電話をかけた。

　竜太は、横になっている夏妃に声をかけた。

「いいか、夏妃。必ず志郎と汐緒里を連れていくから、それまで頑張れ。意識をしっかり保つんだぞ、いいな」

　夏妃は力なくうなずいた。でも、もう声は出ない。

「ごめんな、夏妃。全部俺のせいだ。俺が、おまえを追い込んだ」

郡司が電話を切った。「タクシー、すぐに来るそうです」

「分かった。夏妃をおんぶするから、郡司さん、手伝ってくれ」

夏妃の体は、ぬいぐるみ状態だった。まったく力が入っていない。息が細く、意識も薄れてきている。郡司の手を借りて、竜太がおんぶした。

凌は、すべてを放棄したみたいに、だらりと座っている。

無視して、部屋を出た。夏妃を背負って、アパートの階段を下りた。郡司のセダンが停まっていた。郡司が助手席を開けて、リクライニングを倒した。竜太がそこに夏妃を寝かせて、シートベルトを締めた。

夏妃は、何かを訴えるように、竜太の手を握っている。目から涙が流れていた。

「もう泣くな。分かってるから。いいんだ、おまえは悪くない。悪いのは俺だ。だから、もう泣くな」

竜太は、最後に夏妃の手を強く握りしめて、離した。

「志郎と汐緒里を必ず連れていく。いいな、夏妃。あと少し頑張れ」

夏妃は、力なくうなずいた。

「愛してる、夏妃。ありがとう。ずっと一緒にいてくれて」

夏妃の唇が少し動いたが、何を言ったのかは分からなかった。

郡司が運転席に乗り、エンジンをかける。

「郡司さん、頼む」

「はい」

助手席のドアを閉めると、車が走りだした。

郡司の車が走り去っていくのと同時に、向こうから緑色のタクシーが近づいてくるのが見えた。竜太は手を振った。

タクシーが止まって、後部座席のドアが開いた。竜太は乗り込んだ。

「運転手さん、チョウチョウ山って分かるか？」

「ええ、自然保護区の」

「そこに家があるんだけど、分かる？」

「昔の町長の実家ですか？」

「いや、サラちゃんって子の家らしいんだけど」

「いやー、ありましたかねえ。昔の町長の実家があったはずですけど、そこは空き家になっているはずだし。他にあったかなあ」

「ともかく行ってくれ」

「あの、深夜料金になりますが、よろしいでしょうか？」

「ああ、いいからはやく行ってくれ。急げよ。一刻を争うんだ」

「シートベルトをお願いします」

竜太がシートベルトを締めると、タクシーが走りだした。

午前四時過ぎ。まだ夜は明けていない。道路はすいているのに、タクシーのスピードが上がらない。法定速度を順守している。

「なあ、運転手さん。もうちっと急いでくれよ。マジで頼むぜ」

「あ、はい」

ネームプレートに岡村《おかむら》清《きよし》と書いてある。やせていて、貧相な顔をしている。ヤクザふうの男を乗せて、怖がっている様子だった。協力してもらうしかないので、なるべく優しい口調で言った。

気が急《せ》いてしまう。はやる気持ちをおさえた。

夜の闇が深い。冬の乾燥した空気で、風が強い。遠くを走る電車の音が、どこからともなく響いてくる。

ほとんど信号に捕まることなく、十分ほどでチョウチョウ山に着いた。山に入る道の手前で、タクシーが止まった。

岡村が言う。「お客さん、私も入ったことがないので分からないのですが、カーナビで見ると、ここから入るしかないみたいですね」

「行けるところまで行ってみてくれ」

なだらかな登り坂を進んでいく。

アスファルトで舗装されていない山道だが、車が通れるくらいの道幅はある。木々に覆われていて、いっそう闇が深い。車のライトだけが頼りなので、岡村は注意深く、もどかしいくらいのスピードでタクシーを走らせる。

ぐるりと山の裏側まで回って、さらに登っていく。だんだん道幅が狭くなる。やがて広場のような場所に出た。

「ここから先は、車では無理ですね」

道はまだ続いている。だが、車では入っていけない小道だ。

「分かった。ここで向きを変えて待っててくれ。子供を二人連れてくるから。そのあと中央病院に行ってほしいんだ。金はひとまず渡しておく」

一万円札を渡した。タクシーを降りると、

「あの、お客さん、よかったらこれ」岡村が、懐中電灯を貸してくれる。

「ああ、助かる。ありがとう」

懐中電灯の明かりをつけて、小道に入っていく。

登り坂がずっと続いている。足場も悪い。場所によっては土砂くずれが起きていて、道が半分削れているような場所もある。その下は崖だ。懐中電灯で下を照らしても、この光量では何も見えない。

いつのまにか、高いところまで登ってきている。星が近いように感じた。明かりがないぶん、音がよく聞こえる。フクロウの鳴き声、大気のうなり、風が揺らす木の葉、ちろちろ流れる水の音。

「ホントに、こんなところに家があるのか？」

心細くなってくるが、進むしかない。どのみち一本道である。

しばらくして、開けた場所に出た。

一軒の民家がある。だいぶ古い家だ。

懐中電灯で周辺を照らした。一見、空き家に見えるが、庭には焚き火した跡が残っている。薪が積んであって、斧が立てかけられている。

家に明かりはない。雨戸も締まっている。表札も出ていない。

「ここか？」

玄関前に立って、戸を叩こうとしたとき、
なにか音がした。

民家の裏側から、ひそひそしゃべるような声が聞こえてくる。新聞を読むときのようなガサガサした音も聞こえた。

「ん、人がいるのか？」

声のするほうに歩いていく。ちょうど民家の裏側に回ったところで、
突然、まわりが明るくなった。

炎だ。炎が舞いあがり、波みたいにうねりながら燃え広がった。その明かりでまわりがよく見えた。黒い服を着た男が、三人いる。顔にゴーグルのようなものをつけている。とっさに放火だと思った。

「なにしてんだ、てめえら」

三人が同時に竜太を見た。

民家の裏側は、風呂を沸かす竈だろうか。そのあたりから炎が噴きだして、もくもくと黒煙があがっている。山頂から吹きつけてくる強風にあおられて、目もくらむほど、生き物みたいに炎が踊っている。

三人のうち、もっとも背の高い男が正面に立っている。ニット帽をかぶり、首に巻いたマフラーで口元まで覆っている。直感で、こいつがリーダーだと思った。その男が、あごをしゃくって、他の二人に合図した。

と同時に、三人は走って逃げだした。

「おい、待て、コラ」

竜太は、ほとんど条件反射で、逃げる三人を追った。一番足の遅い男の肩をつかんだ。男は足を止めて殴りかかってくるが、こっちも腕におぼえがある。かわして、股間《こかん》を蹴りあげた。間髪《かんはつ》をいれず殴りつけると、地面に倒れた。

「てめえら、なにもんだ。ここで何してやがった?」

背後で足音がした。振り向くと、刃が襲ってくる。

斧だ。

薪の山に立てかけられていた斧。刃が、竜太に向かって落ちてくる。

かわしきれず、肩に刺さった。

斬られるというより、斧の重量ごと叩きつけられた感じだ。叫び声もあげられないほどの激痛が、遅れてやってきた。

竜太は地面に転がった。痛みに耐えられず、ぐるぐる転がった。

斧を持っているのは、長身のリーダーの男である。男は歩みよってきて、ふたたび斧を振りあげる。男の眼光は鋭く、そして冷静沈着だった。

ダメだ、殺される……。

そう思ったとき、男は振りあげた斧を止めた。急に身動きが取れなくなり、魔法をかけられたみたいにフリーズしてしまう。

炎の明かりで、男の顔がはっきり見えた。冷静沈着だった男の目が、ひきつって脅えはじめる。突然、全身が震えだした。

男は、竜太の後ろを見ている。

竜太は、背後を振り向いた。

そこに悪魔がいた。

いや、悪魔というには、あまりにも美しい少女だった。

年齢は十代後半くらい。黒髪のショートカットが、吹きつける風で激しく揺れている。きれいな顔だった。目、眉、鼻、口すべてが、美しいかたちをしている。瞳が赤く燃えていて、射抜くような眼光を放っている。

隙がまったくない。

突然、地獄の門が開いて、悪魔が出現した。そんな感じだった。

斧を振りあげている長身の男が、まさに蛇《へび》ににらまれた蛙《かえる》のごとく、何も持たない少女に脅えている。急に握力がなくなったように、斧を落とした。二歩後ずさりして、逃げ去った。他の二人もあとを追って逃げていく。

三人は闇に消えた。

男たちが逃げ去ると、少女はぺろっと舌を出して唇を舐め、軽く口笛を吹いた。その表情から魔性が消えて、かわいい少女になった。

「き、君は?」

竜太は聞いたが、少女は漫然と炎を見つめている。その姿が美しすぎて、まるで幻のように見えた。

左肩をやられた。激痛以外の感覚がない。かなり出血している。とはいえ、肩はちぎれてはいないようだった。今はそれよりも……。

炎はますます大きく燃えあがっている。民家が激しく燃えて、黒煙が立ちのぼっている。煙は家の内部にも蔓延《まんえん》しているはずだ。

「まずい。こんなことやってる場合じゃねえ」

はやく志郎と汐緒里を外に出さないと、危ない。竜太は左肩をおさえながら、立ちあがった。左腕はただつながっているだけで、ぶらんぶらんである。

民家に近づいて、叫んだ。

「おい、志郎、汐緒里。なかにいるのか？　火事だ。はやく逃げろ」

なんの返事もない。炎はまたたくまに広がっていく。

「志郎、汐緒里。起きろ、火事だぞ」

雨戸を開けようとするが、鍵がかかっている。だが、頑丈そうな戸ではない。体当たりすれば、壊れるかもしれない。

助走をつけて、雨戸に体当たりした。だが、揺れただけで壊れない。

「おい、志郎、汐緒里。起きろ！　死ぬぞ、バカヤロウ」

もう一度、助走をつけて体当たりするが、まったくかなわない。肩から血が失われているせいか、力がうまく入らない。

「そうだ、斧だ」

斧で、雨戸を破壊すればいい。斧を拾いに行った。

そこに立っている少女に言った。

「なあ、君。なかに子供がいるんだ。この斧で雨戸を壊すから、手伝ってくれ」

少女は遠くを指さしている。「おっさん、あっちあっち」

「えっ」

少女が指さす方向に、大きな木があった。その木の枝に、志郎と汐緒里がいた。二人とも、目を点にしてこっちを見ている。

「志郎、汐緒里……。なんだ、外にいたのか。先に言えよ」

少女は、その木の根元まで歩いていって、枝の上にしゃがんでいる二人を順に地面に下ろした。志郎も汐緒里も、見た感じ、ケガはない。あわてて外に出たのか、寝間着の上にジャンパーだけ着ている。

二人は血の気を失ったような顔をしている。燃えていく民家と、左腕をぶらぶらさせている父を、交互に見ている。

「無事だったのか、二人とも。あ、いや、それどころじゃねえ。おまえら、はやく病院に行け。夏妃が危ない」

「えっ」と志郎。

「すぐ下にタクシーを待たせてある。なあ、君。サラって君か？　下にタクシーを待たせてあるから、二人を病院に連れていってくれないか？」

「いやです」とサラは言った。「用はすんだので、もう帰ります」

「は？　ちょっと待ってくれ」

「くれぐれも私のことは他言しないように。私のことを誰かにしゃべったら、地獄に落とします。いいですね」

サラは、志郎と汐緒里に顔を向けた。

「志郎、汐緒里ちゃん。短い時間だったけど、なかなか興味深い体験ができました。もう会うことはないけれど、ずっと友だちです。バイバイ」

サラはぷいっと背を向けて、猿のような機敏さで、森に消えていく。

「サラちゃん」

汐緒里が呼びとめるが、サラはいっさい振り向くことなく、闇に消えた。まるで精霊が森に帰っていくように。

民家は炎に包まれ、屋根が崩れ落ちた。激しい音がした。

「やばい、建物から離れろ」

この建物は全焼するだろう。炎が上昇気流を生んで、竜のように噴きあがっていく。火の粉があたりに飛びちっている。

訳が分からない。

あの少女は、いったいなんだ？　血が失われているせいもあって、すべてが夢みたいに見える。

「いや、ともかくだ。とにかく病院に行くぞ」

志郎が、警戒するように、竜太の顔を見ている。

「志郎、そんな顔すんなよ。ひとまず休戦といこうぜ。おまえらを夏妃のところに連れていくって約束したんだ。今だけでいい。俺の言うことを聞いてくれ」

汐緒里が言った。「お父さん、肩から血が出てる」

「大丈夫だ。これくらいじゃ死なねえ。とにかく、行こう」

「待てよ」志郎が言った。

志郎は突然、ジャンパーを脱ぎ、それからパジャマの上着を脱いだ。その上着をめいっぱい広げて伸ばしてから、くるくると巻いていき、ロープ状にする。竜太の背後にまわって、そのロープで竜太の肩口を縛った。傷口を圧迫するように押さえつつ、竜太の肩が動かないように固定した。

志郎は、最後にロープを力まかせに結んだ。その瞬間、激痛が走ったが、肩が固定されたせいで、少し楽になった。

「ああ、悪いな、志郎。助かる」

竜太は感謝したが、志郎は愛想もなく、そっぽを向いた。

なんだか、志郎に負けた気がした。男としても、人間としても。

「じゃあ、行こう」

時間がない。竜太は痛みをこらえて、歩きだす。落としていた懐中電灯を拾って、来た道を戻った。足元を照らして、先頭を歩いた。

「慎重にな。足元に気をつけろ。ゆっくり行くぞ」

志郎と汐緒里は手をつないで、あとをついてくる。さっきの三人組がまだ残っているかもしれない。警戒しつつ、歩を進めた。

来た道をずっと下っていく。

タクシーを待たせているところまで戻った。タクシーは向きを変えていて、エンジンがかかっていた。

運転手の岡村が、竜太を見つけるなり、車を降りて走ってきた。

「どうしたんですか？　何があったんですか？」

「たいしたケガじゃない。子供たちをタクシーに乗せてくれ」

「なんか、上、燃えてるみたいですけど」

「ただの焚き火だ。気にするな」

「さっき、変な三人組が下りてきて――」

「そいつら、どこに行った？」

「走って、山を下りていきましたけど」

志郎と汐緒里を後部座席に乗せて、竜太は助手席に座った。岡村は、厄介なことに巻き込まれているのを感じて、困り顔をしている。

岡村が運転席に座った。「中央病院でいいんですね」

「ああ」

タクシーが走りだす。竜太は目を閉じた。

痛みの感覚しかない。左肩は確実に骨が折れている。皮一枚でつながっているだけかもしれない。吐き気もする。生汗を異様にかいている。全身がぬれているように感じるが、汗なのか、血なのかも分からない。

チョウチョウ山を下りて、車道に出た。病院までさほど遠くない。

次第に夜が明けてきた。目を開けて振りかえってみると、山の中腹から伸びるように煙が立ちのぼっている。

後部座席に、志郎と汐緒里が並んで座っている。二人とも青ざめている。

意識が遠くなってくる。

このまま死ぬかもしれない、と思った。

夏妃は、志郎と汐緒里のため、そして俺自身のため、これが最善と思い、残された時間でこの殺人計画を立てた。

夏妃を殺人者にしたのは、俺だ。すべての元凶は、この俺。

竜太は目を閉じた。あとはじっと、時間が過ぎるのを待った。車は赤信号に止められることもなく、スムーズに進んでいく。

「着きました」と岡村が言った。

目を開けると、病院のロータリーだった。後部座席のドアが開かれた。

竜太は言った。「行け、志郎、汐緒里。正面玄関は閉まっているけど、向こうに関係者出入り口がある。そこから入れる」

志郎が飛びだした。汐緒里の手をつかんで、病院に走っていった。

竜太もドアを開け、タクシーを降りた。足がふらふらで、めまいもする。どうにか歩いて、夏妃の病室に向かった。

岡村も降りてきた。「つかまってください」

岡村が肩を貸してくれる。

「悪いな、岡村さん」

「いえ」

「すまねえ、ホントに」

人のよさそうな運転手だ。タクシーを血で汚してしまった。岡村からすれば、迷惑でしかない客なのに、こうやって肩を貸してくれる。

それが竜太には不思議だった。

いや、人間ってのは、そんなもんか。

今までは、ひがんで、恨んで、酒を飲んで酔っ払っているだけだったから、まわりに見下されてきた。でも今みたいに、何かに必死になってやっていたら、人間はそういう人を放っておけないものなのかもしれない。

マラソンランナーに向かって沿道から声援を送るように。

見ず知らずのランナーでも、必死になって走っている姿を見たら、思わず「頑張れ」って言ってしまいたくなるものなのかもしれない。その姿がどんなにぶざまで、ぶかっこうでも、応援したくなるものなのかもしれない。たまたま同じ船に乗っただけの人でも、袖《そで》を振りあっただけの関係でも、自分の迷惑もかえりみず、肩を貸してあげたくなるものなのかもしれない。

人間も、たぶん神様も。

入院病棟に入って、エレベーターに乗った。夏妃のいる階で降りて、岡村の肩を借りて歩いた。

夏妃の病室のドアは開いていた。

なかを見ると、医師がいて、看護師がいて、郡司もいた。ベッドには夏妃が横になっていて、そばに志郎と汐緒里がいる。

郡司が竜太に気づいて、病室から出てきた。

「宮沢さん、どうしたんですか、そのケガ」

「たいしたことはねえよ。それより夏妃はどうした？　間に合ったか？」

「はい、まだ意識もあります。今、志郎くんと、汐緒里さんと」

「そうか」

病室では、夏妃がベッドに横たわっている。目は開いていた。志郎と汐緒里が、夏妃の手を握っている。

なにか話している。声は聞こえないけれど、とにかく間に合った。間に合ったのだ。

そう思ったら、力が抜けた。ひざがくずれた。

岡村と郡司が、二人で抱きとめてくれる。

「宮沢さん、しっかりしてください、宮沢さん」

郡司の声が、次第に小さくなっていく。

このまま死んじゃってもいいや、と思った。

# 17

目を開けると、くすんだ天井があった。起きてすぐ、左肩に激痛が走った。悲鳴をあげると同時に、すべてを思い出した。

部屋には誰もいない。薬品の匂いで、ここが病院だと分かる。

この部屋は、たぶん夏妃の病室だ。ここに自分がいるということは……。

左腕はまったく動かない。何かで固定されているようだ。いちおう左腕はつながっているし、指先も動く。

体がだるくて、そのままじっとしていた。

三十分ほどして、病室のドアが開き、スーツ姿の郡司が入ってきた。

「あ、目がさめていたんですか？」

「ああ」と竜太は言った。「夏妃は、死んだか？」

「はい。志郎くんと汐緒里さんが病室に来て、一時間後に」

最後に言葉を交わすことはできたという。そして二人の子供に見守られながら、夏妃は息をひきとった。

竜太は出血多量で、意識を失った。すぐに輸血と緊急手術が行われた。肉を深くえぐられ、骨も砕《くだ》けていたが、幸い、神経は切れていなかった。リハビリは必要だが、元通りに回復するだろうとのことである。

竜太は三日ほど寝ていた。そしてその三日で、事態は劇的に変わっていた。郡司は、この三日間の出来事を詳しく話してくれた。

まず、あの夜、なぜ郡司がアパートを訪ねてきたのか。

児童相談所の虐待対応ダイヤル一八九番に、通報があった。あのアパートで子供の泣き声がずっとするると。女性からだったが、名前は言わずに切ったという。住所から、宮沢家だと分かった。ブラックリストに載っている家庭で、担当の郡司に連絡が来た。警察に通報しようかとも思ったが、自分が行ったほうが早いと判断した。郡司も八王子市内に住んでいる。自宅から車で直行した。

来てみると、部屋に明かりがついていた。ノックしたが返事はなく、突然、ガラスが割れる音が聞こえた。虐待だと思い、あわててドアを開けたら、竜太が首を絞められているところだったというわけだ。

ここからはタクシー運転手の岡村の証言になる。

あの山で竜太がタクシーを降りたあと、岡村は車の向きを変えてエンジンを切って待っていた。十五分くらいして、山道から下りてくる人影が見えた。竜太だと思って、エンジンをかけてライトをつけてみると、黒服の見知らぬ三人組の男だった。男たちは、突然ライトを照らされて、逃げるように山を下りていった。

岡村は怖くて、車のエンジンをかけたまま、タクシーのなかでじっとしていた。しばらくして、竜太たちが下りてきた。

竜太たちを病院に送ったあと、岡村は警察から事情聴取を受けた。すべてを話して、タクシーのドライブレコーダーを提出した。エンジンをかけると自動的に録画がはじまるタイプのもので、その映像に三人の男たちが映っていた。身元はすぐに割れた。暴力団担当刑事の、知っている顔だったからだ。三人は放火にくわえて、志郎と汐緒里、そして竜太への殺人未遂容疑で逮捕された。

三人はあっさり自供した。織江三紗から、志郎を事故に見せかけて殺すように命令されたと。報酬は五千万円だった。

志郎があの山の空き家を隠れ家にしていたようだったので、山のなかで事故に見せかけて殺す計画を立てた。何度か失敗し、三紗に早く殺せとどやされて、あの夜、失火による火事に見せかけて殺そうとした。三人はあくまでも金で依頼されただけで、なぜ志郎を殺すのか、動機までは知らない。

織江三紗は全面否認していて、まだ逮捕されていない。だが、報道はすでに加熱している。反社会的勢力とのつながりを指摘されて、オリエ社の株価は暴落。社長の凌は姿をくらましている。

というわけで、嘘みたいにすべてが解決していた。

ただ、郡司の話に、サラの名前は一度も出てこなかった。

たぶん志郎と汐緒里が、サラとの約束を守って黙っているのだろう。暴力団員の三人組は、空き家で恐ろしい女を見たと証言したが、志郎たちがシラを切ったので、幻でも見たのだろうと警察は解釈したようだ。

このあと竜太も警察の聴取を受ける予定だが、サラのことを言うつもりはなかった。竜太自身、どこか幻のように感じている。

竜太は聞いた。「それで、織江凌はどうなった?」

「それなんですが、今のところ、私は警察に何も話していません。私も事情が分かっていませんし、夏妃さんがどう関わっているのかも分からなかったので。宮沢さんが目をさましてからでいいと思って」

「そうか。郡司さん、これはお願いなんだが、織江凌のことは放っておいてやってくれないか。これはあんたを信用して話すんだが——」

竜太は、夏妃による計画殺人のすべてを話した。

郡司は納得してうなずいた。

「なるほど、そういうことだったんですね。分かりました。警察には黙っておきます。どっちにしてもオリエは倒産みたいですし」

「志郎と汐緒里はどうしてる?」

「貴道さんのところで預かってもらっています。ただ、貴道さんも困った状況です。今月までで警備会社をやめて、オリエ系列の会社で働くことが決まっていたのですが、この状況なので、就職の話は凍結されています。どうにか元の警備会社に残れることになったようですが」

夏妃の計画が破綻した以上、就職の話がなくなるのは当然のことだ。

郡司は言った。「率直に言います。私は宮沢さんのことを誤解していたようです。それは申し訳なく思っています。ですが、だとしても、無職で生活の基盤がない宮沢さんのところに、志郎くんと汐緒里さんを置いておくのは心配のほうが大きいです。かといって、貴道さんも二人の子供を預かるのは難しい状況ですし。とりあえず宮沢さんは治療に専念してもらって、私も乗りかかった船なので、志郎くんたちにとってベストな環境になるように動こうと思っています」

「ああ、悪いな」

「でも、志郎くんは元気ですね。今は仕事を探しているようです」

「仕事?」

「自分たちの生活費は、自分で稼ぐつもりのようです。高校生だと詐称して、新聞配達とか牛丼《ぎゅうどん》屋の深夜バイトに応募しているみたいです。まあ、小学生なので、働くのは無理なんですけど。でも、見あげた根性ですよ」


入院は一週間で済んだ。

完治はしていない。左腕は固定され、三角巾《さんかくきん》でつるされている。

病院を出て、アパートに帰ろうとした。志郎と汐緒里は貴道のところで寝泊まりしているので、部屋はあの日のままのはずだ。

ロータリーを横切って歩いていると、横から声をかけられた。

「宮沢さん」

見ると、タクシーが停まっている。制服姿の岡村が、窓から顔を出していた。

「ああ、岡村さんか」

「今日、退院と聞いたので、お迎えにあがりました。ご自宅までお送りします」

「でも、仕事中じゃないのか？」

「いいんですよ。駅で待っていても、この時間帯は客はほとんど来ないし」

岡村は車から降りて、助手席のドアを開けてくれた。

「悪いな」恐縮しながら、助手席に乗った。

岡村はあのあと、郡司と飲みに行く仲になったという。

竜太が入院中も一度、見舞いに来てくれた。また、夏妃の葬儀も、竜太は病院から出られなかったので、志郎が喪主となり、貴道と郡司と岡村、志郎の担任の大森の四人で協力して、小さいながら家族葬をしてくれた。

「ケガは大丈夫ですか？」

「ああ、骨はまだくっついてないけど、痛みはひいた。それよりこのタクシー、大丈夫だったか。かなり血がついたはずだけど」

「助手席のシートは全部取りかえましたね。でも保険が下りたので」

「夏妃の葬儀も手伝ってくれたって」

「まあ、たいしたことじゃないですよ」

「いろいろすまなかったな。変なことに巻き込んじまって」

「いえ、あのときは怖かったですけど、終わってみればいい経験でした。刑事に事情聴取されたのも初めてでしたし、えへへ」

岡村は愛嬌いっぱいの笑みを浮かべた。

「ご自宅でよろしいですか？」

「あ、いや、……そのまえに行きたいところがあるんだ。神社なんだが」

「神社？　どこのです？」

「名前は知らないんだけど」

竜太は、タクシーのカーナビでその場所を示した。

「へえ、そんなところに神社があったんですね」

「あ、でも悪いか。また今度でも」

「いえ、せっかくだから行きましょう。そんなに遠くもないし。お参りですか？」

「まあ、そんなところだ」

病院のロータリーを出た。タクシーはあの日、夏妃と一緒に神社に向かったのと同じルートを進んでいく。

岡村が言った。「いやー、でも志郎くんも汐緒里ちゃんも、しっかりした子ですねえ。うちの子なんか、中学生なんですけど、毎日ゲームばっかりやって、若いのに目標もなく、だらだらしているだけで」

「子供がいるのか？」

「中三の男の子と中一の女の子です。これが生意気なんですよ。私なんかバカにされてますからね。私が注意しても、聞く耳なんて持ちやしません。まあ、かっこいい父親の姿を見せてやれていないのも事実なんですけど。なんせ私は学がないもんで、仕事も転々としているんですよ。ラーメン屋、引っ越し屋、清掃、介護、粗大ゴミ収集。いろいろやったけど、全部三年以内にやめています。飽きて、サボり癖《ぐせ》が出て、やめるか、クビになるっていうパターンで」

「そんなふうには見えないけどな。あんたも苦労してんだな」

「苦労じゃないですよ。罰が当たっているだけです。でも、私にはこれが合ってんのかなあ。飽きたら、次の仕事を探して、またやめて、そうやってころころ転がって生きているのが。ま、うちは幸い、妻の稼ぎがいいんですよ。だから私の収入なんて、どうだっていいんですわ。私が家にいると邪魔だから、外に行ってろって、とにかく家にいないでくれって言われているんです。私がタクシーの運転手をやっていようが、パチンコに行っていようが、どっちでもいいんです」

「奥さんはなんの仕事をしてるんだ？」

「もともと英語塾をやっていたんですよ。で、ほら、最近はなんでもネットですね。英語学習プログラムとかいうアプリを作ったら、成功しましてね。私の収入なんて、十分の一にもならない。うちの子たちも、私にごはんを食べさせてもらっているわけじゃないってことが分かるんでしょうね。私なんかつまはじきで——」

よくしゃべる運転手である。

神社に行くまで、身の上話をずっとしていた。

妻とのなれそめ、できちゃった結婚、妻の妊娠中の失業、長女の病気、三十代前半の極貧生活、アプリの成功、父親の権威の失墜……。彼なりの波乱の人生。

みんな、いろいろあって生きているんだな、と思う。

普通の人は、大学に行って、会社に入って、定年まで働いて、そういう人生を生きているのかと思っていたが、案外そうでもないのかもしれない。

話しているうちに、神社に向かう林道に入った。車で行けるところまで行って、路上にタクシーを停めた。歩いて、神社に向かった。

土曜日の昼間である。神社には誰もいない。鳥居をくぐって境内に入った。

岡村が言った。「へえ、こんなところに神社があったんですね。八王子でタクシーを二年やってますけど、知りませんでしたわ」

賽銭箱の前まで歩いてきた。岡村が先にお賽銭を投げ、鈴を鳴らし、手を合わせて願いごとをする。

「さて、私は何をお願いしようかな。ええと、五十円ぽっきりのお賽銭であれなんですけど、今年一年、みんなが元気でいられますように」

続いて、竜太も小銭を入れて、鈴を鳴らした。左手は動かないので、右手だけで手を合わせる真似《まね》をする。

目を閉じた。

ふいに浮かびあがる、あの日の夏妃の横顔。

犯行前に、ここで手を合わせて願いごとをしていた夏妃のやせ細った顔。夏妃は立っているのもやっとだったはずだ。あのとき、何を祈ったのだろう。犯行の成功か、それとも残される子供たちの将来か。

自分は殺されてやるべきだったのか。

志郎や汐緒里のために、そのほうがよかったのか。なぜ生き残ってしまったのだろう。

こんな俺が生き残って、何になる？

どうすればいい？　俺はこれから、何をすればいい？　何ができる？

教えてくれ、夏妃。

まぶたの裏に、夏妃の顔が浮かんでくる。その顔はやがて、この神社の社殿にあるであろう、あのアミダニョライの顔に変容した。しばらくその顔を思い浮かべていたら、今度はサラの顔に変わった。

サラが、すべてを見透かしたように、足を組んで椅子に座っている。

背中に真っ赤なマントをはおって。

その鮮烈な映像に自分で驚いて、目を開けた。

「な、なんだ、今のは？」

結局、サラのことは誰にも話していない。

だが、彼女はいたのだ。信じがたいほどの美少女が、あそこに。

自分のことは誰にも話さないようにと彼女は言った。素性を明かせない理由があるのだろう。芸能人かとも思った。いや、でも、女優とかモデルとか、そういったものともちがう気がした。それをさらに一段飛び越えた、たとえば宇宙人とか、妖怪変化《ようかいへんげ》とか、それくらいの存在に思える。

サラは椅子に座っていて、足を組んでいる。まぶしいくらい真っ白な部屋。毒々しいほどに真っ赤なマント。

その印象だけ強くある。

夢幻のごとくおぼろげで、にもかかわらず強烈な印象を放っている。

懐《なつ》かしいのに、思い出せない。携帯にデータは残っているのに、電源が入らないからアクセスできない。そんな感覚だ。

サラは、もう二度と会うことはないと言った。たぶんそうなのだろう。

彼女は、竜太の脳にある記憶もふくめて、どこかに消え去ってしまった。海に投げ捨てた指輪みたいに、もう永久に見つけることはできない記憶。

サラ……、アミダニョライ……、夏妃……。

俺はどうしたらいい？　教えてくれ。

「あ」と岡村が言った。「志郎くんと汐緒里ちゃんだ」

振り向くと、鳥居の向こうから、子供が二人歩いてくるのが見えた。志郎が先を歩き、汐緒里が遅れてついてくる。

毎年正月に、夏妃は子供を連れて、この神社にお参りに来ていた。二人は今、貴道の家に住んでいる。住所は練馬《ねりま》区にある。もう三学期がはじまっているが、今日は土曜日なので、二人で電車で来たのだろう。

「どうしてここに?」と岡村が言った。

「隠れろ」

竜太は岡村の腕を引っぱって、建物のわきに隠れた。

志郎と汐緒里が歩いてくる。賽銭箱の前まで来て、志郎が財布を取りだす。汐緒里に小銭を渡した。

「でも、何をお祈りするの?」と汐緒里が言った。

「決まってるだろ。願いごとだよ。こうなってほしいとか」

志郎が先にお賽銭を投げて、バカみたいに強く鈴を鳴らした。夏妃に習ったのだろう、二礼二拍手して、手を合わせた。

「神様、お願いします。お母さんが天国に行けますように。それから、俺に仕事が見つかりますように」

汐緒里が言った。「子供だから仕事を探しちゃダメだって、郡司さんに言われたでしょ。小学生は仕事をしちゃいけないんだよ」

「高校生って嘘をつくからいいんだよ。どんな仕事でもいいんだ。チラシ配りでも便利屋でも。でなきゃ、農業をやる。どこかの山に勝手に畑を作ってさ、イモくらいなら簡単に作れるよ。自分たちで食べきれないぶんは、無人販売店を作って売る。そうすりゃ、貴道おじさんだって少しは楽になるだろ」

志郎は最後に一礼して、汐緒里と代わった。

汐緒里は行儀よくお賽銭を入れ、鈴を鳴らし、二礼二拍手して手を合わせた。

「神様、お願いします。お母さんが天国に行けますように」

「うん」と志郎はうなずく。

「それから、みんなが健康で過ごせますように。特にお兄ちゃんがすぐに怒ったりせず、優しくなりますように」

「なんで俺がすぐに怒るんだよ。神様に変な告げ口をするなよ、もう」

「苦手な算数が得意になりますように」

「うん、それはいい心がけだ」

「お兄ちゃん、うるさい。横から口を出さないでよ」

「はやく言えよ。おまえがもたもたしてるからだろ」

「ほら、すぐ怒るじゃん」

「これは怒ってるんじゃない。兄として諭《さと》しているだけだ」

汐緒里はため息をつく。「それから、お父さんがお酒をやめられますように」

「あんなやつのことなんか祈るな、バカ汐緒里」

「だって」

「あいつが酒をやめられるわけないだろ。酒を飲むしか能のない人間なんだ。自分のことしか考えてないんだ」

「でも、あの火事のとき、私たちのことを助けようとしてくれてたよ」

「何かの間違いか、ただの気まぐれだ。俺はあいつのことなんか信用しないぞ。どうせ酔っ払いに戻るだけだ。ほら、もう行くぞ、汐緒里」

「あと、もう一つだけ」汐緒里は手を合わせて、目を閉じる。「もう一度、サラちゃんに会えますように」

「サラか」と志郎が言う。「どこに行っちゃったんだろうな、ホントに。秘密にしろっていうから、秘密にしてるけど」

「お国に帰ったんだよ」

「あいつ、ホントに王女様なのか。どこの国のだよ」

「それは分からないけど」

「ま、無事に家に帰れたんならいいけどさ」

「うん」汐緒里は最後に深く一礼をした。

二人はしゃべりながら、鳥居をくぐって、神社をあとにした。

二人が見えなくなるまで、その背中を見ていた。

竜太はその場に腰を下ろして、しばらく動けなかった。

太陽が雲に隠れた。日陰になると同時に、風が強く吹きはじめる。砂が舞い、木の葉が散った。急に寒くなってきた。

「冷えてきましたね」と岡村が言った。「我々も帰りましょうか」

岡村が腰をあげ、歩きだす。

「あ、ちょっと待ってくれ」

竜太は立ちあがり、神社の正面に立った。ひざをついて、土下座した。地面に額をこすりつけた。

「神様……、いや、夏妃。どうか俺に力を貸してくれ。なんでもいいから、俺に仕事をくれ。貴道に、毎月あいつらの食い扶持《くぶち》を入れるだけでいい。酒はもう飲まない。今までのことは全部、俺が悪かった。だから死んだら、地獄に落としてくれていい。でもどうか、俺に仕事をくれ。この通りだ、頼む」

額を地面に二度、強く叩きつけた。額に痛みが走った。

「夏妃、天国にいるなら、どうか、俺を助けてくれ。俺に償いをさせてくれ」

しばらくして、岡村が言った。

「宮沢さん、実はちょっと話があるんですよ」

「えっ」

「先日、郡司さんがうちに来て、私と妻と三人で食事をしたときに話したんですけどね。

ほら、うちの妻、英語塾をやってたって言ったでしょ。でね、今度、学習が遅れている不良少年少女を集めたフリースクールをつくったんですよ」

「………」

「で、今年の四月から、私もタクシー運転手をやめて、そこで管理人として働くように言われていたんです。でも、本当に少年院を出たばかりの子もいるらしくて、怖いじゃないですか。だから断っていたんですよ。そしたら、宮沢さんは元ヤクザだっていうし、そういう子たちに対してもにらみが利くだろうから、どうかなって話になったんです。宮沢さんなら人間は確かですからね」

「は？　俺が？」

「そこは私と郡司さんが保証します。だって間近で見てますから、あの勇敢な姿を。それで、よかったら、そこで私と一緒に働きませんか。ついでに一緒に勉強しませんか。ああいう子たちって、本当に九九からやりなおさないといけないから、小学校の教科書からやるんですよ。実は私も勉強をやりなおしたいと思っていたんです。でも、一人でやるのは恥ずかしいもんで、誰か一緒にやってくれないかと――」

# 18

沙羅は、自分専用の仕事部屋にいる。

足を組んで椅子に座り、ペンを走らせる。

真っ白い部屋。デスクに向かって死亡確認書に判決内容を書き込み、判子を押してファイルボックスに放った。

あれからずっと、沙羅は父の代理を務めている。父は急性胃腸炎を起こして、今も入院している。

父は、ずっと順調に仕事をしていたのかと思っていたが、やはりサボりがちだったようだ。渋滞が起きていて、魂の処理が死後一ヵ月待ちになっていた。沙羅が急ピッチでさばいて、二週間待ちまで縮めた。

「やれやれ」

つぶやきがもれる。グミを一粒食べて、回転椅子をまわして振り向いた。

目の前に、すでに魂がスタンバイしている。

宮沢夏妃。

背筋を伸ばし、きりっとした姿勢で座っている。やつれた顔に、きつい闘病生活の名残《なごり》がある。死者の魂は、基本的に死んだときの姿でここに来る。ただ、肉体は地上に残してくるので、その姿はいわば幻影である。

もう病気ではないので、痛みやだるさは消えているはずだ。その表情は、本来の夏妃のもの。血色もよく、若々しさを取り戻している。

夏妃はここがどこか分からないのだろう。きょろきょろするが、首から下は動かない。

振り向いた沙羅と目が合い、「あっ」と言った。

「閻魔堂へようこそ」と沙羅は言った。「宮沢夏妃さんですね」

「沙羅ちゃん」

「お久しぶりです」

「えっ、ここはどこ？　私はなんでこんなところにいるの？」

沙羅は、夏妃の質問を無視して言った。

「いちおう確認します。あなたは父・石原春義《はるよし》、母・靖子《やすこ》の一人娘として生まれる。両親は共働きで、父方の祖母に育てられる。両親はともに子供に関心がなく、それぞれ不倫していて、やがて離婚。面倒な子供の世話は、すべて祖母に押しつけるかたちになる。学校に合わず、中学に入って不良少女になる。高校は中退。その後、芸能事務所に所属するも、四年であきらめ、水商売に入る」

「えっと、まあ、そうだけど」

「キャバクラなどに勤めるけれど、すぐだまされるので、勤め先はころころ変わった。付き合う男もころころ変わる。美人なので男を寄せつけるけど、長くは続かない。男は遊びで付き合っているのに、あなたは本気になってしまい、やがて重荷に思われて捨てられるというパターンが多い。

織江凌がまさにそれ。織江家の財産にものを言わせて遊んでいるだけの放蕩《ほうとう》息子。あなたは相手のそういう本質に気づかず、整った顔立ちと裕福な家柄に惹《ひ》かれてしまう。まだ正式に付き合っている関係でもないのに、酒に酔った勢いで関係を持ち、妊娠する。だが凌は、その直後、兄の死によって跡継ぎをまかされる。三紗との結婚話が持ちあがると、そっちになびいて、あなたのことはポイ。

男に裏切られることに慣れているあなたも、さすがにこたえた。お腹の子を一人で育てていく自信もない。なにより人生に疲れた。自殺を決意し、死に場所を求めて山林に入っていく。やがて日が暮れ、風が強くなり、さまよって、たまたま見かけた神社に立ち寄ったところで、宮沢竜太と出会う。やがて結婚。生まれた志郎は、竜太の子として育てる。汐緒里も生まれ、しばらくは安息の日々を過ごす。あなたは初めて人に頼られるという幸福を知り、人を愛することを学ぶ。

だが、竜太が会社をクビになったところから暗転。竜太はアルコール依存症になり、あなたもガンになる。と、まあ、自業自得の部分もありながら、なかなか苦労の多い人生を生きた宮沢夏妃さんでよろしいですね」

「そうだけど。えっ、どういうこと？」

「まえにお会いしたときにも言いましたけど、実は私は人間じゃないんです。閻魔大王の娘なんです」

「閻魔大王って、あの閻魔大王？」

「みなさん、おなじみの、あの閻魔大王です」

「本当？」

「本当です。閻魔大王というのは、人間の空想上のものではなく、実際に存在するもう一つの現実なのです」

定式通りの説明をした。夏妃は目を丸くして聞いている。

夏妃は言った。「そうなんだ。なんか、すごい話だけど、でも意外ではないか。沙羅ちゃん、あまりにも人間離れしてたからね。汐緒里が外国の王女様って言ってたけど、本当にそうなのかもって思っていたくらいで」

「あながち間違っていません。閻魔家も王族みたいなものなので」

「でも、なんで沙羅ちゃんは向こうの世界にいたの？」

「観光です。ただ、訳あって帰れなくなってしまって」

「で、私は死んだのね」

「ええ、そして計画殺人は失敗に終わりました」

「なんか、思い出してきた。そう……、病院に運ばれて、最後は志郎と汐緒里に見守られて……。そのあと、どうなったの？」

「教えられません。死者が生前知らなかったことは教えてはいけない決まりなんです」

「そうなの」

「では、さっそく判決を。天国行きです。若いころはいろいろあったようですが、犯罪になるようなことはしていないし、スタート地点が恵まれなかったわりには、きつい坂道を登って、けっこういい高さまで来ました」

「ええ」

「人生とかけて、登山と解きます。その心は、高いところまで登れば登るほど、いい景色を見られます」

「そうね」

「なにより二人の子供を立派に育てた点は、高く評価されます。最後は苦慮のはてに計画殺人をくわだてましたが、未遂に終わったので、水に流しましょう。成功していたら、地獄行きはまぬがれなかったですが」

「…………」

「棺《かん》を蓋《おお》いて事定《ことさだ》まる。死んだその瞬間に、その人の価値は定まるのです。最期《さいご》のとき、あなたの手を握りながら、志郎と汐緒里が流した涙こそが、あなたの人生の価値です。いい人生だったと胸を張りましょう」

「ありがとう、沙羅ちゃん」

「どうぞ安心して天国に行ってください。ま、詳しいことは言えないのですが、お友だち優待サービスで、その後のことをちょっとだけ。まず、あの酔っ払いですが、雨降って地固まるというか、いいご縁ができて、なんとかやっているみたいですよ。長く続くかは分かりませんけど」

本書は書き下ろしです。

講談社
タイガ

〈著者紹介〉

木元哉多（きもと・かなた）

埼玉県出身。『閻魔堂沙羅の推理奇譚』で第55回メフィスト賞を受賞しデビュー。新人離れした筆運びと巧みなストーリーテリングが武器。１年で４冊というハイペースで新作を送り出し、評価を確立。

# 閻《えん》魔《ま》堂《どう》沙《さ》羅《ら》の推《すい》理《り》奇《き》譚《たん》
## A＋B＋C《エーたすビーたすシー》の殺人《さつじん》

2020年９月15日　第１刷発行　　定価はカバーに表示してあります

著者……………………………木《き》元《もと》哉《かな》多《た》

発行者…………………………渡瀬昌彦
発行所…………………………株式会社 講談社
〒112-8001 東京都文京区音羽2-12-21
編集03-5395-3510
販売03-5395-5817
業務03-5395-3615

本文データ制作……………講談社デジタル製作
印刷……………………………豊国印刷株式会社
製本……………………………株式会社国宝社
カバー印刷……………………株式会社新藤慶昌堂
装丁フォーマット…………ムシカゴグラフィクス
本文フォーマット…………next door design



ISBN978-4-06-520785-7　N.D.C.913　326p　15cm

講談社
タイガ

## 恩田 陸

# 七月に流れる花

イラスト
入江明日香

六月という半端な時期に夏流《かなし》に転校してきたミチル。終業式の日、彼女は大きな鏡の中に、全身緑色をした不気味な「みどりおとこ」の影を見つける。逃げ出したミチルの手元には、呼ばれた子どもは必ず行かなければならない、夏の城——夏流城《かなしろ》での林間学校への招待状が残されていた。五人の少女との古城での共同生活。少女たちはなぜ城に招かれたのか？　長く奇妙な夏が始まった。

講談社
タイガ

恩田 陸

# 八月は冷たい城

イラスト
入江明日香

夏流城《かなしろ》での林間学校に参加した四人の少年を迎えたのは、首を折られた四本のひまわりだった。初めて夏流城に来た光彦《てるひこ》は、茂みの奥に鎌を持って立つ誰かの影を目撃する。閉ざされた城の中で、互いに疑心暗鬼を募らせるような悪意を感じる事故が続く。光彦たちを連れてきた「みどりおとこ」が絡んでいるのか。四人は「夏のお城」から無事帰還できるのか。短く切ない夏が終わる。

講談社
タイガ

# 上遠野浩平

## 殺竜事件
a case of dragonslayer

イラスト
鈴木康士

竜——人間の能力を凌駕《りょうが》し、絶大なる魔力を持った無敵の存在。その力を頼りに戦乱の講和を目論《もくろ》んだ戦地調停士・ED《エド》、風の騎士、女軍人。3人が洞窟で見たのは完全な閉鎖状況で刺殺された竜の姿だった。不死身であるはずの竜を誰が？　犯人捜しに名乗りをあげたEDに与えられた時間は1ヵ月。刻限を過ぎれば生命は消え失せる。死の呪いをかけられた彼は仲間とともに謎解きの旅へ！

講談社
タイガ

Wシリーズ

# 森 博嗣

## 彼女は一人で歩くのか？

Does She Walk Alone?

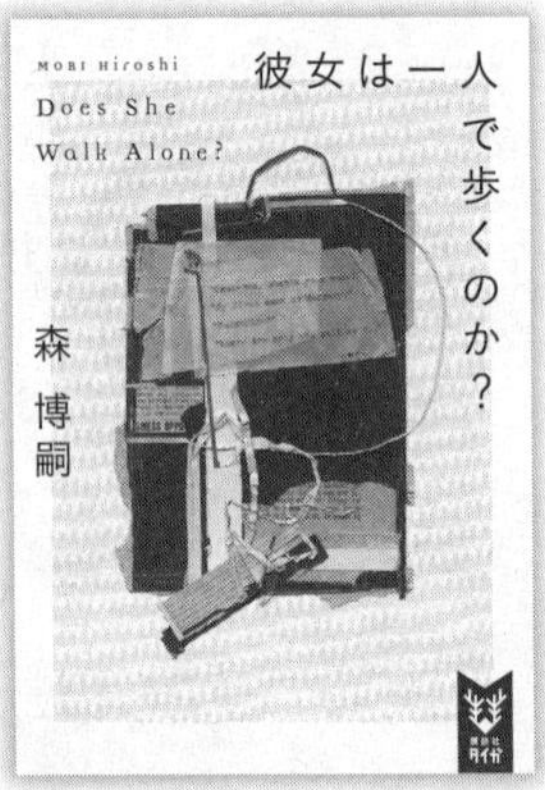


イラスト
引地 渉

ウォーカロン《walk-alone》。「単独歩行者」と呼ばれる、人工細胞で作られた生命体。人間との差はほとんどなく、容易に違いは識別できない。

研究者のハギリは、何者かに命を狙われた。心当たりはなかった。彼を保護しに来たウグイによると、ウォーカロンと人間を識別するためのハギリの研究成果が襲撃理由ではないかとのことだが。

人間性とは命とは何か問いかける、知性が予見する未来の物語。

講談社タイガ

Wシリーズ

森 博嗣

# 魔法の色を知っているか？

What Color is the Magic?

イラスト

引地 渉

チベット、ナクチュ。外界から隔離された特別居住区。ハギリは「人工生体技術に関するシンポジウム」に出席するため、警護のウグイとアネバネと共にチベットを訪れ、その地では今も人間の子供が生まれていることを知る。生殖による人口増加が、限りなくゼロになった今、何故彼らは人を産むことができるのか？

圧倒的な未来ヴィジョンに高揚する、知性が紡ぐ生命の物語。

講談社
タイガ

よろず建物因縁帳シリーズ

# 内藤 了

## 鬼の蔵

### よろず建物因縁帳

山深い寒村の旧家・蒼具《あおぐ》家では、「盆に隠れ鬼をしてはいけない」と言い伝えられている。広告代理店勤務の高沢《たかざわ》春《は》菜《な》は、移転工事の下見に訪れた蒼具家の蔵で、人間の血液で「鬼」と大書された土戸を見つける。調査の過程で明らかになる、一族に頻発する不審死。春菜にも災厄が迫る中、因縁物件専門の曳《ひ》き屋《や》を生業《なりわい》とする仙龍《せんりゅう》が、「鬼の蔵」の哀しい祟《たた》り神の正体を明らかにする。

講談社
タイガ

よろず建物因縁帳シリーズ

内藤 了

## 首洗い滝
よろず建物因縁帳

クライマーの滑落事故が発生。現場は地図にない山奥の瀑布《ばくふ》で、近づく者に死をもたらすと言われる「首洗い滝」だった。広告代理店勤務の高沢《たかざわ》春菜《はるな》は、生存者から奇妙な証言を聞く。事故の瞬間、滝から女の顔が浮かび上がり、泣き声のような子守歌が聞こえたという。滝壺より顔面を抉《えぐ》り取られた新たな犠牲者が発見された時、哀しき業を祓《はら》うため因縁物件専門の曳《ひ》き屋《や》・仙龍《せんりゅう》が立つ。